KB274921

행복을 전하는
사랑바이러스

행복을 전하는
사랑바이러스

그린이

개인전 : 예가족 갤러리 · 광명시민회관 · 조형 갤러리
          궁 갤러리 · 스피돔 갤러리
회원전 : 광명미협전 15~23회 · 광명미술제 2000~2007년
          일원회 회원전 35~40회 · 한국전업작가회전
현재 : 한국미술협회 광명미협, 일원회
          한국전업작가회, 미목회 회원
mobile : 018-234-3775

김 점 수

행복을 전하는
사랑바이러스

편저자 · 김가영
펴낸이 · 임종대
펴낸 곳 · 미래문화사

초판 인쇄 · 2007년 10월 29일
초판 발행 · 2007년 11월 2일

등록 번호 · 제3-44호
등록 일자 · 1976년 10월 19일
주소 · 서울시 용산구 효창동 5-421 1F
전화 · 715-4507 / 713-6647
팩시밀리 · 713-4805

E-mail · mirae715@hanmail.net

ⓒ2007, 미래문화사
ISBN 978-89-7299-349-0 03810

행복을 전하는 사랑바이러스

김가영 지음

미래문화사

'상처'는 아주 조금이라도
'미련'이 남아있을 때 받는다

여자와 남자가 만난다. 사랑이 시작된다. 그러나 아무리 서로 사랑하는 관계가 됐다 하더라도 똑같은 양量으로 사랑하는 일은 절대 없다. 어느 쪽이 보다 많이 사랑하고, 어느 쪽인가는 덜 사랑한다.

달리 얘기하면 사랑하는 역할과 사랑받는 역할이 처음 만난 그 순간에 결정이 된다는 얘기다. 그리고 보다 많이 상대를 생각하는 쪽이 사랑하는 역할자가 된다.

허나 그 역할이 영원하지는 않다. 어느 때는 사랑하는 쪽이다가, 다른 때는 사랑받는 역할이 된다. 상대에 따라 달라진다.

당연히 보다 많이 사랑받는 역할이 좋다. 안심이 되고 조금 거만해질 수도 있으니까. 그런가하면 사랑하는 쪽은 언제나 불안하고 자신이 없다. 질투라는 골치 아픈 감정과 불안, 의혹에 들볶이니까. 괴로워한다.

그런 연애관계는 결국 오래 가지 않는다. 사랑받는 쪽은 오로지 사랑받고 있으니까 안심하고 있다가 점점 거만해지고 드디어는 냉담해진다.

이별이 온다.

그러나 사랑하는 역할 쪽에서 이별을 예상 외로 조용히 마무리하는 경우도 있다.

예를들어 사랑하는 역할을 여자가 맡았을 때, 떠나가는 남자에게 울며불며 매달리지 않는 것은 강하기 때문이 아니라 약하기 때문이다. 그렇게까지 자신을 내던지고 나면 다시 일어설 수 없음을 알기 때문이다.

사랑받는 역할을 해본 남자에게 이런 여자는 편리한 여자인지도 모르겠다. 싫증날 때쯤 상대방 여자가 알아서 헤어져 주니까 얼마나 편한가.

"응, 그래. 이쯤에서 헤어지자. 그동안 즐거웠어."

라고 남자가 심드렁하게 말한다.

"그래. 나도 즐거웠어."

라고 여자가 슬픔을 삼키며 말한다.

즐거웠던 적은 단 한 번도 없었다. 괴로움뿐이었지만, 거짓으로라도 그렇게 말한다.

'상처'는 아주 조금이라도 '미련'이 남아있을 때 받는다. 이 상처와 미련이 여자와 남자의 얘기를 만들어가는 게 아닐까? 그게 여자와 남자의 드라마의 시작이고 전부다.

2007년 10월
김 가 영

차례

채워지지 않는 목마름, 사랑

6

2 꺼지지 않는 불꽃, 여자

2 사랑의 노예, 남자

남자들은 여인에게 자신이 첫사랑이길 바라고
여자들은 남자에게 자신이 마지막 사랑이길 바란다.
― O. 와일드

채워지지 않는 목마름,
사랑

사랑은 물속에 비치는 그림자와 같아서
실체를 더 잘 보려고 다가서면
형태가 없어진다.
그러나 떨어져서 보면
분명히 거기에 있는 것처럼 보인다.

참된 사랑에는 깔끔한 형식적 예의가 필요 없다.
― W. S 길버트

만남

1부

B

채워지지 않는 목마름, 사랑

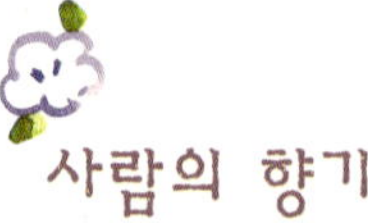

사람의 향기

사람의 향기는 그 사람의 이미지다.
때문에 자기다운 이미지의 창출, 즉 자기만의 향기를 개발
하는 것은 매우 중요하다.

14

어떤 여자도 꽃에 비교할 수 있다. 빨간 장미 같기도 하고, 하얀 백합 같기도 하고, 분홍 코스모스 같기도 하다.

여자는 그렇게 어떤 꽃이든 닮아 있다. 그리고 그 닮아 있는 꽃의 향기가 그 사람의 향기다. 그 사람에게 가장 어울리는 향기.

코스모스 같은 여자가 동물성의 진한 향수를 뿌리면 이상하고, 해바라기 같은 여자가 환상적인 향기를 뿜어도 어울리지 않는다. 자기에게 가장 어울리는 향기를 살짝 풍기는 것이 좋다.

사람의 향기는 그 사람의 이미지다. 때문에 자기다운 이미지의 창출, 즉 자기만의 향기를 개발하는 것은 매우 중요하다.

가장 자기답게 느끼게 하는 사람 중의 하나가 프랑스의 여류작가 F. 사강이다.

그럼 사강다운 것, 즉 사강미학은 무엇인가?

작품에 등장하는 인물이 부르주아의 세계에 소속되어

있고, 테마가 남자와 여자이며, 결코 정치나 사회 비평의 표면에 나타나지 않으면서 읽은 후 뒷말이 어둡지 않은…… 그런 조건을 모두 만족시키면서 문체에 시적詩的 냉담한 정감이 은은하게 배어나는. 이것이 사강미학이다.

정치나 사회문제가 아닌 남녀의 애정 문제만을 집중해서 쓰면서 세계적 작가의 지위를 확보하고 있는 여자는 결코 흔치 않다. 때문에 이 세상에 남자와 여자가 있는 한 사강미학은 계속해서 살아남을 것이다.

사강의 단편집 《레드 와인에 눈물이》에는 남자와 여자, 얄궂은 결말, 남녀의 세련된 대화, 문체에 흐르는 서정 등이 그대로 담겨 있어 그녀가 전반에 썼던 소설 《뜨거운 사랑》이나 《브람스를 좋아하십니까》 등과도 맥이 통한다.

후반기에 조금 다른 점이 있다면 늙음에 대해서 언급하는 것이 많아졌다는 점이다. 사강 자신도 《슬픔이여 안녕》을 썼을 때와는 몸과 마음이 많이 달라졌으니까.

그녀도 파란만장한 인생을 살고 난 후에는 남성과의 관계, 괴로움, 불안 등을 작품에 드러냄으로써 시간의 무게를 느끼게 한다. 동시에 섬세하고 작은 정경의 묘사 속에 사강 자신의 애증과 괴로움, 갈등 등도 보여준다.

다음은 《타이밍의 문제》의 한 구절이다.

"나는 외출하고 싶지 않아!"

하고 그는 포켓에서 담배를 꺼내 한 대 피워 물었
다. 그러자 그녀는 살짝 웃고 빠른 동작으로 작은 라
이터를 던져 줬다. (중략)
　그는 공중에서 빠르게 그것을 잡으면서 라이터가
직전까지 사람 손에 있었다고는 생각할 수 없을 만
큼 차가운 데 놀랐다.

라이터 하나로 이 남녀의 관계가
이미 차가워졌음을 넌지시 암시하
고 있다. 그런 묘사는 체험자밖에
쓸 수 없는 것이다.
　무엇인가 아쉬운 듯한 밤에는
역시 사강다운, 사강의 책이 어울
린다. 짚이는 구석이 있는 심리 묘사
가 여기저기 있어서 읽는 사람
의 마음이 즐거워진다.
　그녀만이 갖고 있는 향
기 때문이다.

자신을 사랑할 때 성장한다

미국의 유명한 연설가 M. 샤만은 그의 자서전에서 이렇게 말하고 있다.

'내가 처음의 스피치에 실패한 것이 나를 연설가의 길로 걷게 했다. 그리고 지금의 내가 성공했다고 한다면 지난 날의 나는 실패의 연속이었다.'

그가 말하는 처음의 실패라는 것은 그가 한 학교에서 학부모를 대표해서 학교측에 감사의 마음을 전하는 스피치를 해야 했을 때의 이야기다. 그는 그날을 위해서 스피치의 내용을 적고, 거울 앞에서 몇 번이고 연습을 했다. 만전을 기해.

드디어 그날이 왔다. 그러나 그는 단 위에 서는 순간 모여 있는 많은 사람들의 시선에 압도당해 한 마디의 말도 제대로 하지 못했다. 그렇게 거듭하여 외웠던 스피치가 연기가 되어 그의 머리 속에서 사라져 버렸다. 한 구절이라도 기억을 해내려고 하면 할수록 머리 속은 더 비어졌다. 학부모들의 비난과 야유는 말할 것도 없었다.

그 실패로 인한 충격은 컸다. 충격에서 다시 일어서기까지에는 상당한 세월이 필요했다.

그는 다시 기회가 있다면 적극적으로 나서 보리라고 마음먹었다. 그러나 그 후 그런 기회가 있을 때마다 손이 떨리고, 심장이 터질 것 같고, 다리가 후들거렸다. 그래도 그는 도망치지 않았다. 도전했다. 그 결과 마침내 그는 유명한 연설가가 되었다

최초의 실패로 얻은 충격이나 열등감은 쉽게 지울 수가 없다. 그러나 열등감을 부끄러워하거나 너무 한심하게 느낄 필요는 없다. 왜냐하면 열등감은 누구에게나 있으니까.

사람은 누구나 살아 있는 한 어떤 형태로든 열등감을 갖게 마련이다. 다만 사람에 따라 처리 능력이 다를 뿐이다. 열등감이란 숨기거나 적당히 접어둬서 해결되는 것이 아니다. 정면에서 대결해야 한다.

자기 자신을 인정하지 않으면서도 아무런 노력도 하지 않는다면 너무 무책임한 행동이다. 열등감을 극복하려면 열등감으로부터 도망 가지 말고, 많이 고민하고, 괴로워하며, 헝그리hungry 정신을 가져야 한다.

누구에게든 있는 열등감, 그것은 소멸되지 않는다. 때문에 투쟁하면서 그것과 더불어 살아가는 것이다.

열등감 때문에 우울해 하고 고민하다 보면 세월만 간다. 자기 주장을 펴지도 못하고 성격도 이상해진다.

중요한 것은 자신을 믿는 일이다. 이 세상에 자기 이상

으로 자신을 믿어 주는 사람은 없으니까. 자신의 맹점을 알았을 때, 그리고 그것을 개선하기 위해서 노력할 때 발전하는 것이다.

열등감은 출발점이다. 끝이 아니다.

인생에는 바꿀 수 없는 것을 바꾸는 용기도 필요하다. 그러나 바꿀 수 없는 것을 인정하는 결단성도 중요하다.

당연한 애기지만 사람은 자기로서의 자기를 살아갈 수밖에 없다. 자기답게 살아가는 것, 그것은 자신의 열등감까지도 포함한 자기 수용이다. 열등감을 적당히 갖고 있는 사람이 좌절에 훨씬 강하다. 언제나 노력하려는 의지도 있다. 때문에 좋은 결과도 있는 것이다.

우월감뿐, 열등감이 없다면 그 사람은 결코 노력하려고 하지 않을 것이다. 그것은 인간적인 것도 아니고 자랑할 만한 것도 아니다.

역설적으로 말한다면 열등감은 오히려 환영해야 할 것이다. 열등감은 인간이 성장하는 과정에서 필요한 독이므로.

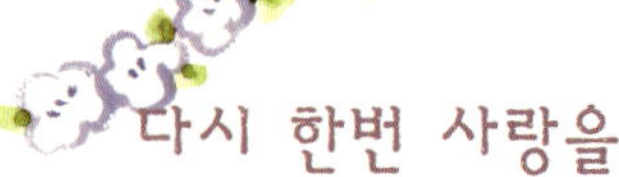

다시 한번 사랑을

미치지 않는 사랑은 사랑이 아니다.
사랑에 미치는 것은 가치 있고 행복한 일이다.

사랑은 주는 것이라고 한다. 또는 인내하는 것이라고도 한다. 그러나 다시 곰곰이 생각해 보면 사랑은 주는 것도, 인내하는 것도 아니라 독점하는 것이고, 질투하는 것이고, 살아 있는 감성의 부딪침이다. 정열이다. 이상한 에너지이고, 순리에 등을 돌린 반사회적 의식이다.

사랑에는 노하우가 없다. 때문에 용감해야 한다.

사랑은 혼돈이고, 사랑의 세계는 무법이다.

단 한 여자를 위해, 단 한 남자를 위해 새로운 가치를 만들어 낸다. 그래서 사랑은 혁명이고, 르네상스다.

사랑은 부모를 버리고, 친구를 버리고, 재산을 버리면서까지 한 여자에게, 또는 한 남자에게 빠지는, 다스려지지 않는 에너지며 광기다.

요즘에는 목숨 건 사랑을 하는 남녀를 보기가 힘들다. 그런 얘기를 듣지도 못한다.

여자와 남자의 관계가 가볍다. 친구 같은 감각으로 연애를 한다. 물론 그런 것도 그런대로 좋을 수 있다. 그러나 여자와 남자의 본질적인 관계는 진중해야 한다.

편한 연애, 자상하고 부드러운 남자, 친구 같은 애인. 현대의 남녀관계는 무게가 없이 들떠 있다.

인간은 원래 모순투성이다. 혼돈 속에서 사는 동물이다. 절망과 허무 속에서 진실이 무엇인가를 깨닫고, 사랑이 무엇인가를 알아내는 족속이다.

고통은 싫고, 자상한 남자가 좋고……? 분명히 무엇인가가 하나 빠지고, 모자란 듯한 느낌이 든다.

자신의 무엇인가를 변화시켜 주는 것, 변화시키는 것, 변화시킬 수 있는 것, 그것은 공교롭게도 사랑의 광기다.

미치지 않는 사랑은 사랑이 아니다. 미치지 않는 것은 무엇이건간에 진정한 게 아니다.

사랑에 미치고, 일에 미치고, 무엇인가에 미쳐 있는 사람이 존경스럽고, 사랑하고 싶은 사람이다.

사랑에 미쳐 보라. 그래서 목숨을 걸고 최선을 다해 보라. 남은 인생을 누군가 한 사람을 위해 송두리째 줄 수 있다면 그것 또한 가치 있고, 행복한 일이다.

좋은 인간관계 맺기

좋은 인간관계는 상대를 평가하는 것이 아니라 있는 그대
로 인정하고 받아들일 때 완성된다.

22

사람은 누구나 남들로부터 자신을 인정받고 싶어한다.
그래서 시간과 정력을 쏟는다.

자기에 대한 평가를 높이려고 노력하는 것은 당연하
다. 그러나 지나치게 신경을 쓰는 나머지 솔직함과 성실
함을 희생시켜버리는 경우가 허다하다.

잘 보이고 싶다는 바람은 작은 에고ego, 즉 작은 자존
심의 하나다. 자존심이 작으면 작을수록 역시 작은 일에
신경을 쓰고, 거기에 의존한다.

지나치게 타인에게 인정받고 싶어 하거나 타인의 눈을
빌려서 자기를 평가받고 싶어 하는 것은 자존심의 결여
에서 나타나는 현상이다.

평가라는 것에 지나치게 연연해할 필요는 없다.

자기 자신을 스스로 믿을 수 없는 사람이 타인의 평가
에 의존한다. 자신의 가치는 본질적인 내면의 문제이지
타인의 평가에 의해 좌우되는 것이 아니다.

타인의 눈에 언제나 좋은 사람으로만 보이려고 하면

피곤하다. 누가 뭐라고 하든 상관하지 않는 것, 잘 봐 주지 않아도 좋다는 대범함과 각오가 있을 때 비로소 편안해진다.

아무리 잘 보이려고 분발해도 미움을 받는 사람은 미움을 받는다. 또 그냥 있어도 좋아할 사람은 좋아한다.

사람은 누구나 장단점을 가지고 있다. 그런데 단점은 쉽게 고쳐지지 않는다. 그럴 때에는 얄팍하게 단점을 감추려 하기보다는 장점을 키워 나가는 것이 훨씬 바람직하다. 좋은 점을 키워 나가다 보면 나쁜 점은 어느새 고쳐지게 된다.

문제는 장점과 단점을 모두 안고 있는 주인공이 자기라는 사실을 바로 인식하는 것이다.

좋은 인간관계는 있는 그대로의 자기 자신을 인정하는 데서부터 출발한다. 그리고 서로를 평가하는 것이 아니라 있는 그대로 인정하고 받아들이는 것이다.

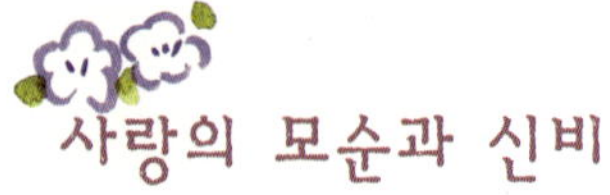

사랑의 모순과 신비

사랑을 사랑하는 사람은 사람에 대한 배려가 없다. 사랑하는 사람의 행복보다는 자기의 행복을 먼저 생각한다.

24

초침이 째깍거리며 시간을 내다버리는 것이 아쉬울 때가 있다.

또, 뜨거워지는 것도 차가워지는 것도 싫어질 때가 있다. 지나가 버리는 젊음에 대한 집착 외엔 아무것도 아니라는 생각 때문이다.

누구나, 그리고 언제나 사랑을 한다.

그 사랑에는 상대가 있을 때도 있고, 손이 닿지 않는 짝사랑일 때도 있다.

사랑은 뺏는 것이 아니라 주는 것이다. 자기가 사랑하는 사람이 항상 행복해 한다면 자신도 기쁘지 아니한가!

그러나 대개의 경우 상대방은 둘째로 미룬다. 사랑하는 사람이 행복한가 어떤가보다는 자기가 행복한가 어떤가를 우선으로 친다. 상대의 입장이 아니라 자신의 입장만 생각한다. 그것은 사랑이 아니다.

상대방이 즐거운 마음, 평온한 마음으로 있는 것이 내

게도 기쁨이 된다면 그것이 진짜 사랑이다.

　사랑은 좋아하는 사람을 돌보는 것이고, 배려하는 것이다.

　'사람을 사랑하는 것'과 '사랑을 사랑하는 것'을 구분하지 못하는 경우가 있다.

　사랑을 사랑하는 사람은 상대에 대한 배려가 없다. 자기만 좋으면 좋다는 식이다. 다른 사람은 모두 엉망이 되고 상처를 입어도.

　상대를 자기와 동일시하는 데에도 문제가 있다.

　상대는 자기 자신이 아니다. 타인이다. 노예도 아니고, 로봇도 아니다. 따라서 행동이나 사고를 똑같이 해줄 것을 강요하거나 기대하는 것은 무리다.

　그런 것을 간과하고, 그저 한결같이 돌진한다. 그래서 얼핏 사랑에 불타는 열정적인 사람처럼 보인다. 그러나

자기 혼자서만 타오르다가 혼자서 꺼져 버린다. 사랑을 사랑한 결과다.

원래 사랑은 자기 본위다. 에고이스틱한 것이다. 사랑한다는 자체가 상대에게 몰두한다기보다는 자신이 사랑하는 상태에 빠지는 요소가 강하다. 어떤 사랑이든, 많든, 적든, 그런 경향이 있다.

사랑을 하면 세계가 모두 자기만을 위해서 있는 것처럼 생각하게 된다. 여자의 입장에서 보면 남자가 여자의 지혜로움과 어리석음까지도 모두 이해하고 큰 가슴으로 안아 줄 때 그것이 사랑이 아닐까?

여자의 속과 겉을 전부 알면서도 안아주는 남자.

어떤 일에도 흔들림 없는 남자.

사랑이 갖고 있는 본질과 모순을 알고 있는 남자.

만일 그런 남자가 눈앞에 나타나면 어떤 여자든 뜨거워지리라. 설령 손이 닿지 않는 짝사랑일지라도.

사랑은 이별을 먹고 피는 꽃

만남에는 헤어짐이 있다.

사랑에도 이별이 있을 수 있다.

'너만을 평생 사랑할 거야!' 라고 해도 언젠가는 이별
이 찾아오기도 한다.

사랑이 끝나는 패턴은 대개 비슷하다.

우선 전화의 횟수가 줄어든다. 헤어질 때 다음 약속을
하지 않는다. 만나도 예전과는 달리 상대의 시선을 피한
다. 눈을 쳐다보지 않는다. 가끔 함께 술은 마시지만 식
사는 함께 하지 않는다. 핑계가 많아진다. '바쁘다, 친구
들과 약속이 있다, 감기 걸려서 나갈 수 없다.' 라고 하면
서 만날 기회를 피한다.

여자의 입장에서 그런 일을 당하면 식욕이 없어진다.
표정에 밝음이 없어지고, 행동에 발랄함이 없어진다.

그래도 용기가 남아 있다면 필사로 매달린다. 오기가
있는 여자라면 상대방의 냉정함, 조소, 그런 것들을 이겨
내며 기다린다.

그러나 안타까운 것은 사랑은 이미 그 단계에서 끝이 난 것이다. 당신의 미련이 당신을 어리석게 만들고 있을 뿐이다.

한번 떠난 남자는 다시 돌아오지 않는다. 돌아보지도 않는다. 돌아본다고 해도 예전의 그 얼굴이 아니다.

기다린다고 하면 돌아가지 않으려 하는 게 남자의 심리다. 설령 돌아온다고 해도 아무런 의미가 없다. 마음은 이미 떠났으므로.

'떠나는 님 보내오니 부디 행복하소서!' 하는 식의 유행가가 있다.

떠나는 님 보내고 거기에 행복까지 비는 여자가 있을까? 그렇지 않다. 행복은커녕 불행하기를 바랄 것이다. 자기보다 훨씬 못한 상대를 만나라고 저주할 것이다. 그래서 자기 곁에서 떠난 것을 후회하거나 더 불행해지기를 바라는 것이 솔직한 심정이리라.

사랑이 아름다운 것은 만나고 있는 아주 짧은 그 기간뿐이다. 그 시간을 빼고나면 사랑은 고통의 연속이다.

그러나 이상한 것은 그 고통이 없기 때문에 죽을 것 같지, 그 고통 때문에 죽을 것 같은 경우는 없다.

고통이 있어도 사랑이 지속될 때가 좋다. 이별보다는.

즐겁게 사는 것도 재능이다

사랑이라는 것은 물속에 비치는 그림자와 같다. 실체를 더
잘 보려고 하면 형태가 없어진다.

어째서 이런 걸 그토록 갖고 싶어 했었나 하고 생각될
때가 있다. 물질뿐만 아니라 사람에 대해서도.

사랑도 마찬가지다.

사랑은 물속에 비치는 그림자와 같아서 실체를 더 잘
보려고 다가서면 형태가 없어진다. 그러나 떨어져서 보
면 분명히 거기에 있는 것처럼 보인다. 그래서 이 사랑이
진짜인가 가짜인가를 생각하느라고 머리를 싸맨다.

인간관계에서 이해 관계가 있을 때는 관심이 가게 되
지만 상황이 달라지면 필요 없는 사람이 되어 버리는 경
우가 있다. 관심이 없어진다는 것은 자기와 연관이 없어
진다는 얘기다. 상황이 바뀌어도 예전처럼 그립고 언제
까지나 마음이 통하는 사람도 있다.

사물의 가치는 사람의 마음이 만들어낸다. 어떤 사람
에게는 의미가 있는 것도 어떤 사람에게는 의미가 없는
것은 그 때문이다.

남자와 여자는 처음부터 보는 시선이 다르다.

남자는 이상을 좇고, 그 이상을 여자에게 말한다. 그리고 여자가 기쁘게 받아들여 주면 자기를 이해해 준다고 좋아한다.

여자는 남자의 이상을 모른다. 이해를 못한다.

여자가 기쁘게 생각할 때는 남자가 자기에게 열심으로 정열을 쏟을 때다. 그것을 사랑의 표현이라고 느끼기 때문이다.

여자를 이해하지 못하면 남자의 행복은 없다. 마찬가지로 남자가 이해해 주지 않는 여자에게도 행복은 없다.

남자와 여자가 성적性的 결합만으로 같이 산다는 것은 불가능하다.

여자는 남자의 좋은 점을 평가할 수 있는 객관성을 키워야 한다. 또 자기 자신에 대해서도 객관적으로 볼 수 있어야 한다. 자신을 객관적으로 볼 수 없는 사람이 어떻

게 다른 사람을 객관화해서 볼 수 있겠는가.

자신만을 귀여워해주기를 기다리는 여자도 곤란하다.

언제나 손해 본 느낌에 빠져 자기만 참고 견딘다고 생각해도 안 된다. 불평불만으로 가득 찬 여자, 인격 미개발의 여자도 문제가 있다.

남자도 마찬가지다.

생활력과 경제력이 있다는 것만으로 거드름 피우는 남자, 에고이스트, 배려가 없는 남자, 그런 남자들과 살 바에는 차라리 혼자 사는 것이 속 편하다.

자기 할 일 잘하고, 허점이 없는 남자들도 있기야 하지만 그런 남자는 귀염성이 없고 재미도 없다.

이성과 즐겁게 생활할 수 있는 것도 하나의 재능이다. 그리고 그 재능은 성숙함에서 온다. 성숙한 여자와 남자만이 같이 사는 즐거움을 안다. 알 수 있다.

사랑을 지속시키는 비결

처음 만나는 순간에 이 사람하고 결혼할 것 같다는 느낌이 드는 사람이 있다. 분위기라든가, 냄새라든가, 감각적으로 딱! 그럴 때 흔히 운명적인 만남, 숙명적인 만남이라고 한다.

그렇게 만나는 사람들은 어떤 경우에도 상대를 깊이 이해하고 용서할 수 있다.

흔히 헤어지는 이유로 '성격차이'라는 이유를 댄다. 그런데 이 세상에 성격이 같은 사람은 한 사람도 없다. 성격이 차이나는 것은 너무도 당연한 일이다.

성격은 100% 같지 않더라도 상대방에 대한 이해의 허용 범위는 있다. 그 폭이 궁합이다.

성격은 닮았지만 용서할 수 있는 부분, 타협할 수 있는 부분이 서로 일치하지 않는다면 맞는 궁합이 아니다.

궁합은 고정적인 것이 아니다.

사람은 서로 변한다. 다만 '죽을 때까지 허용 범위 속에 있을 수 있는가?' 하는 것이 두 사람의 궁합이다.

그러니까 궁합이라는 건 처음부터 정해져 있는 게 아니라 두 사람이 협력하여 서로 가까이 다가가는 것이다.

인생의 반려자는 서로를 선택함으로써 정해진다.

억지로 받아들이는 결혼은 있을 수 없다.

결혼은 상대방으로부터 일방적으로 받는 것이 아니다. 서로 주고받는 관계다. 그래서 선택은 대등한 결혼에의 프로세스process다.

자신이 상대방을 선택했다는 의식이 있으면 그 사람과의 관계가 겸허해진다. 일방적으로 선택당했다는 의식이 강하면 거만해지거나 불만이 쌓이게 된다. 그리고 상대방이 더 잘 해주기를 바란다.

겸허함이 결혼생활을 오래 지속시켜 준다. 정신의 안정감을 주기 때문이다.

운명적인 만남이든 궁합이 맞는 사람들 사이든 기본적인 내용은 같다. 모든 인간관계에 있어서 중요한 요소는 겸허함이라는.

겸허함이 있을 때 자신의 선택이 더욱 빛난다.

사랑이란 광증이요, 불꽃이며, 천국이며, 지옥이다.
그곳에는 쾌락과 고통과 슬픈 후회가 산다.
— R. 반필드

추일서정 · 2

사랑덩은 무겁다

사랑에 괴로움이 없다면 상대를 그다지 사랑하고 있지 않다는 증거다. 사랑은 만나면 즐겁고, 시간이 너무 빨리 지나가고, 헤어짐이 괴롭다.

사랑한다는 것은 무슨 의미인가? 잘라 말하면 자기를 인정받고 싶어 하는 마음이다.

사랑을 하면 예뻐진다는 얘기가 있다. 당연하다. 자신을 돌아보는 시간이 많아지기 때문에. 자기 반성이 없다면 예뻐지지도 않을 뿐더러 아름다운 사랑도 없다.

자기 반성, 즉 자기가 자기를 보는 눈이 없다는 것은 슬픈 일이다. 모든 일을 남의 탓으로 돌리면 일순간은 편한 듯하지만 그런 사람은 사랑을 할 수 없다.

연애는 두 사람이 대등하지 않으면 안된다. 대등하지 않는 연애는 어딘가 거짓스럽다. 애정 이외의 것으로 묶여 있는 것은 좋지 않다는 얘기다.

결혼생활은 집이라든가 아이들이라든가 하는 애정 이외의 요소가 포함되지만 연애는 그렇지 않다. 그래서 순수하다. 그 대신 묶여 있는 끈이 없는 만큼 떨어지기도 쉽다. 잠시 방심하면 금방 허물어져 버리는 것이 연애다. 유리처럼.

　상대방이 아무리 품위 없고 경박한 얘기를 해도 그것을 깨닫지 못하거나 그의 본질은 그것이 아니라고 감싸는 것, 그것이 사랑이다.

　연애는 항상 즐겁고, 기쁘고, 행복한 것만은 아니다. 그런 시간은 짧다. 괴로움과 애달픔의 연속이다.

　그런 괴로움이 있기 때문에 다시 만나는 기쁨도 있다.

　처음 만났을 때 '아! 바로 이 사람이다' 하는 느낌이 백만 볼트의 고압전류로 부딪치는 사랑이 있다.

　이 사람은 이래서 싫고, 저 사람은 저래서 싫고, 하며 단점만 찾아내는 사람에게 멋있는 사람은 나타나지 않는다.

　멋있는 여자가 있는 곳에 멋있는 남자들이 모여든다. 그리고 서로 만나 사랑한다.

　사랑을 오래 지켜 가기 위해서는 자기 가슴속에 언제나 '사랑한다' 는 감정을 없애지 않아야 한다.

실연에도 아름다움이 있다

괴로움을 동반하지 않는 연애는 김빠진 맥주다. 바꾸어 말
하면 사랑은 괴로움에 의해 승화된다는 얘기다.

38

사람들은 〈실연에서 빨리 일어서는 법〉에 대해서 관심
이 많다. 누구든 괴로움에서 빨리 벗어나려는 것은 당연
한 일이다. 그러나 실연의 괴로움이라고 해도 그렇게 빨
리 해결해 버리지 않으면 안되는 것인가?

실연은 두통이나 치통과는 달리 인생에서 겪는 귀중한
체험이다. 그런데도 왜 그렇게 빨리 잊어버려야 하는
지……?

요즘 젊은 사람들 중엔 사랑을 하면 괴로우니까 사랑
을 하고 싶지 않다고 하는 사람이 있다. 평화로움에 익숙
해져 있은 탓에 고통을 견디는 면역력이 없어서 그럴 것
이다. 안타깝다.

출산에서 무통 분만이라는 말이 있다. 그러나 무통 연
애란 말은 없다.

괴로움을 동반하지 않는 연애란 김빠진 맥주다. 그렇
지 않은가? 사랑이란 괴로움에 의해 승화되는 것인데.

사랑을 잃어버렸다고 해도, 그래서 그로 인한 괴로움

이 크다 해도, 그 괴로움을 참고 견디는 데서 '사랑한다' 는 것이 어떤 것인가를 진실로 알 수 있게 된다.

실연에서 가장 괴로운 점은 그것이 육체의 병과는 달라서 약이나 수술로 고칠 수 없다는 것이다.

상대방을 때려서 후련해지는 것도 아니고, 마음의 상처가 없어지는 것도 아니다. 증오하면 할수록, 복수하리라고 마음 먹으면 먹을수록, 더욱 고통스러워진다.

한번 가버린 사랑은 다시 되돌아오지 않는다.

다만 세월이 조금씩 지워 주는 것을 기다릴 수밖에 없다. 그렇게 고통을 견디는 사이에 눈에 보이지 않게 여러 가지 지혜를 얻는다. 고통을 견디는 것은 인간의 성장에 정말로 큰 보탬을 준다.

실연을 견디노라면 새 살이 돋아나고, 드디어는 더 강해지면서 아문다. 그러니까 그냥 세월에 맡겨 두면 된다.

괴로움에서 빨리 벗어나 행복해지려는 것은 당연하다. 그러나 괴로움을 알고 난 뒤라야 진정한 행복도 알 수 있다. 사람은 사랑하고, 실연하고, 상처받고, 괴로워하면서 살아가는 것이다.

여자와 남자가 만날 때

남자에게 있어 여자는 인생의 꽃이기도 하고 에너지다.
하지만 여자에게 있어 남자는 인생 그 자체다.

사랑은 불안한 것이다.

언제 끝날지 모른다.

여자에게 중요한 건 어떤 남자와 결혼하는 것이 아니라 한 사람의 남자를 넋을 잃을 만큼 사랑하고, 또 사랑받는 일이다.

연륜에 따라 사랑의 맛이 다르다.

십대의 사랑은 초봄에 파릇하게 돋아나는 새싹 같아서 그야말로 청정무구 순수하지만 그만큼 상처를 받기도 쉽다. 또 여린 싹이 큰 나무로 자라 결실하기까지에는 어려움도 따른다.

이십대의 사랑은 초여름의 수목처럼 싱그럽고 그 자라는 속도가 빨라서 좋은 사람을 만나면 금방 열기를 내뿜는다. 인생의 황금기다.

삼십대의 사랑은 약간 쓴맛을 포함하고 있기 때문에 깊다. 그 쓴맛이 자아自我다.

또 이 연령대에는 '자기'에 대해서 잘 알고 있다. 상대방에 대해서도. 때문에 잘 되면 훌륭한 관계가 되지만 일단 뒤틀리면 바로잡기 어렵다.

삼십대의 여자는 자아와 사랑을 저울대에 올려놓고 그 무게를 잰다. 프라이드와 사랑. 이렇게 말해도 좋을지 모르겠다.

사랑을 하다보면 때로 웃음도, 언어도, 심지어는 용기까지도 빼앗겨 버릴 때가 있다. 하루에도 수십 번 일어나는 불안과 현혹.

그 신기루 같은 형체에 갈피를 못 잡게 되어 미워하기도 하고, 분노하기도 하고, 때로는 질투하기도 하면서 여자는 자신을 표현해간다.

무엇이든 완전한 것은 없다. 때문에 불완전한 자기를 그대로 받아들이고, 그 나름대로의 완전을 새롭게 창조하는 수밖에 없다.

사랑이든, 자기 자신에 대해서든, 모두 싸워 이겨 나가는 것이다. 그리고 상대방을 더 알고 싶어하는 것. 그것이 사랑이다.

여자와 남자의 관계는 어느 쪽인가가 억지로라도 끈을 잡고 있지 않으면 풀어져 버린다. 덧없는 것이다.

또 여자의 행복이나 운명은 남자와의 관계에 따라 정해지는 애환이다.

남자에게 있어 여자는 인생의 꽃이기도 하고 에너지다. 하지만 여자에게 있어 남자는 인생 그 자체다.

결국 여자는 사랑하는 자신의 모습을 찾아서 끝없이 방황하고, 남자는 투쟁할 상대를 찾아서 쫓아다닌다. 그렇게 다른 여자와 남자이기 때문에 만날 수 없는 두 개의 레일 위로 나란히 달리면서 괴로워하고, 미워하고, 때로는 깊게 포옹하는 것이다.

칭얼대는 여자에게 '바보같이'라고 핀잔을 주면서도 언뜻 보이는 남자의 따뜻함. 남자란 진짜 별볼일 없다고 해대면서도 그 남자 때문에 남 모르게 눈물을 훔쳐내는 여자. 남자이기 때문에 갖는 외로움. 여자이기 때문에 갖는 애절함.

이 모두가 여자와 남자는 평행선상에 있기 때문이다.

여자든 남자든 정신적으로는 누구에게 소속되지 않는 것이 좋다.

그리고 어떤 사물을 판단할 때, '이것으로 좋다.'가 아니라 '이것이 좋다.'라고 하는 식의 생활 태도가 좋다. 즉 자기 자신만의 색色을 가진 사람이 좋다.

여자와 남자의 관계에서 중요한 것은 그릇에 담긴 내용물이지 그릇이 아니다. 만나서 인정하고, 사랑하고, 서로 영향을 주고, 함께 생활해 가는 그 과정이 바로 내용물이다.

두 사람이 공유하는 시간과 공간 속에서 또 하나의 색을 만들어낼 수 있다. 이것이 여자와 남자의 좋은 관계다.

늘 함께 있으리라 믿었던 사랑이 당사자의 의사와는 상관없이 어느 날 갑자기 사라져 버리기도 한다.

그렇다고 사랑을 잃어버리는 것이 두려워서 사랑하지 않고 살 수 있을까?

의식이 깨어 있는 남자들은 게으른 여자보다 거짓말쟁이고 악녀라고 해도 노력하는 여자를 좋아한다. 별볼일 없는 남자는 자신이 그에 미치지 못해 불안하니까 얌전한 여자, 솔직한 여자가 좋다고 하지만.

그 증거로 남자들은 어느 정도의 부와 명성을 얻었을 때에는 이미 선택했던 얌전한 여자가 아닌 다른 여자를 다시 찾는 것을 들 수 있다.

남자는 태어나면서부터 투사이기 때문에 부족함이 없는 여자에게 사랑을 준다.

고양이처럼 귀엽기만 한 여자가 아니라 귀여운 고양이인 척하면서 호랑이 같은 여자를 좋아한다. 그런 여자에게는 살아 꿈틀대는 의식이 있기 때문이다. 그런데 슬프게도 여자들은 귀여운 고양이로만 있으려고 한다.

여자가 사랑을 시작하면 그때부터는 착한 여자, 얌전한 여자가 되려고 멍청한 노력을 한다.

여자 자신이 빛나지 않을 때, 남자도 결코 그 여자를 빛나게 보지 않는다.

멍청한 여자는 멍청한 남자밖에 만날 수 없다. 자기가 괜찮은 여자가 되지 않으면 괜찮은 남자와 만날 수 없다.

그러므로 여자는 우선 자기의 의식을   빛나는 칼날처럼 갈아 놓아야 하고, 자신의 가치를 최대한으로 높여 놓아야 한다.

여자가 나이를 먹는다는 건 단순히 숫자를 더 보태는 것이 아니라 더 완숙하게 만들어져 가고 있다는 얘기다.

육체에 맞추어 정신의 연령도 자연스럽게 쌓아가는 여자는 얼마나 아름다운가!

사회인으로서 자립한 여자와 남자가 만난다는 것은 틀림없이 쾌적하고 자유스럽다.

정신적으로 자유로운 남자, 또 저 사람과 사랑을 하면 꼭 행복할 수 있을 것이라는 생각이 드는 여자.

그런 남자와 여자가 어우러진다면 그건 완성된 한 폭의 그림과 같을 것이다.

자신의 선택은 자신이 책임져야

'내가 선택한 인생', '내가 선택한 사람', '다시 태어나
도 지금의 이 사람을 택할 것이다.'라고 하는 식의 말이
좋다. 그것도 여자가 하는 경우에는 더욱.

자기 이외의 누구에게도, 가장 사랑하는 사람에게조차
도, 자신의 인생을 맡기지 않고 자신의 선택에 자신이 책
임을 지는 모습은 아름답다.

우리 주위에서 '배신이다, 속았다.' 하는 말이 너무 쉽
게, 너무 많이 쓰이고 있음에 놀라지 않을 수 없다.

남녀 간에는 대개 상대가 나 이외의 다른 이성에게 정
을 줄 때 '속았다', '배신당했다'라는 말을 쓴다. 그리고
자신을 속은 사람, 즉, 피해자로 놓고 고독감과 괴로움에
싸인다.

그러나 그 어느 쪽도 속이지도 않고, 속지도 않았다. 어
느 누가 자신을 좋아하며 믿고 의지해 오는 사람을 의도
적으로 차갑게 떨쳐 버리고 외롭게 만들겠는가? 다만 다
른 사랑의 대상이 생겨 그에 빠져드는 이기심을 이겨낼

수 없었을 뿐이다.

인간의 감정은 문서나 종이에 계약하고 서명하는 것으로 관리되는 게 아니다. 따라서 그렇게 했다 하더라도 그런 것에는 일말의 가치도 없다.

'나는 죽을 때까지 당신만을 사랑할 것입니다.'라는 문서에 서명 날인한 사람이 바로 다음날 다른 사람과 만나서 새로운 사랑에 빠진 예를 가끔 본다.

인간의 감정은 언제나 흔들리고 변한다. 산이 되었다가 계곡이 되기도 하고, 격하게 출렁이는가 하면 잔잔한 물결이 되기도 한다.

누구도 인간의 감정의 변화를 속박하거나 비난할 권리는 없다. 상대방의 달콤한 사랑의 말과 친절함을 진짜라고 믿었는데 그 믿음이 어느 날 갑자기 깨졌다고 해도 상대방에게 속았다고 비난할 수는 없다.

믿었던 사람이 배신 때리는 것, 그건 그 사람의 실수다. 그는 틀림 없이 이렇게 변명할 것이다. 자신에게 솔직하려다보니 그리 되었노라고.

어쩔 수 없다. 자기가 자기에게 솔직하게 살아가려면 누군가를 상처입힐 수밖에 없다는 논리에도 당위성이 없지 않아 있기는 하다. 그러나 그 배신에 대해 응분의 복수를 하는 것은 신의 몫이다.

그런 것 때문에 속았다, 배신당했다 하고 떠들어대지 말라. 자신만 어리석어진다.

자기 자신을 배신하지 않는 것, 그게 중요하다.

추일서정 · 1

유일한 참된 사랑은 처음 보았을 때의 사랑이다.
두 번 볼 때에는 이미 변질되어 있다.
—I. 쟁월

여자가 남자를 사랑할 때

여자가 남자를 사랑할 때는 남자의 보호 없이도 살아갈 수 있을 때, 경제적으로나 정신적으로 남자에게 의존하지 않고 살아갈 수 있을 때, 그때다.

48

사랑은 자존심에 의해서 지탱되어진다. 그럼에도 많은 여자들은 사랑을 시작하면 자존심을 집어던지고 남자에게 매달린다. 어떤 취급을 당해도. 그것이 자기 파멸의 길이라고 하더라도. 그렇게 되면 그것은 사랑이 아니라 이성의 상실이다.

여자가 남자를 사랑할 때 여자는 자신의 전 존재를 바친다. 그래서 결혼한다.

그때 여자가 결혼을 취직과 같이 생각하게 되면 남자는 해준다라는 입장이 되고, 여자는 받는다의 관계가 성립된다. 그리되면 여자는 자신의 인생 계획 같은 것을 세울 수 없게 된다.

여자가 남자를 사랑하는 그 자체가 자기를 표현하는 유일한 최고의 수단이라고 생각하는 것은 곤란하다. 왜냐하면 그렇게 생각하는 한 아무리 영원하길 빌고 기도해도 그 사랑에는 끝이 있기 때문이다.

그러한 사랑은 계속될수록 시작될 무렵의 반짝거림도, 두근거림도, 나날이 퇴색되어 간다. 둘이 있으면서도 고독하다고 느낀다. 점차 내리막길로 들어서게 되고, 드디어는 끝이 난다. 허무다.

남자에게 자신의 전 존재를 걸 때 그 사랑은 많은 불안을 내포하게 된다. 따라서 그때는 사랑할 때가 아니다.

여자가 남자를 사랑할 때는 남자의 보호 없이도 살아갈 수 있을 때, 남자에게 의존하지 않고 경제적으로, 정신적으로 살아갈 수 있을 때, 그때다.

이별 뒤에 남는 것

이별은 상처가 아니라 영양분으로 축적된다.
이별을 하고나서도 살아가는 이유가 거기에 있다.

50

많은 사람들은 이별이 영원히 아픈 상처를 남긴다고 생각한다. 그러나 그것은 오산이다. 아무리 가슴 아픈 이별일지라도 기억 속으로 침잠되고, 세월 속으로 묻혀진다. 살아가는 것은 변하는 것이기 때문에.

목숨 걸고 사랑했던 사람과의 이별이어서 울고불고 몸부림치면서도 배는 고파 오고, 목도 마른다. 금방은 쌀한 톨, 물 한 모금 못 삼킬 것 같아도 화장실에도 가야 한다. 화장지가 떨어지면 그걸 사러 슈퍼에도 가야 한다.

뿐만 아니다. 아침에 일어나면 세수도 해야 하고, 칫솔질도 해야 한다. 하다못해 커피라도 마시고, 다시 일하러 나가야 한다. 청소도 해야 하고, 빨래도 해야 하고, 걸려 오는 전화도 받아야 한다.

사랑을 잃었다고 해서 하루 종일 이불을 뒤집어쓰고 방구석에 처박혀 있는 것은 미친 짓이다.

살아 있는 한, 생활하고 있는 한, 세계와 사회도 여전히 존재하고 있다.

목숨 걸고 사랑했던 사람과 이별을 하고나서 가슴이 찢어져도 시간이 지나고 세월이 흐르면 그 사랑도 잊혀진다. 몸부림치게 했던 아픔까지.

사람은 만남과 이별을 반복하며 차츰 냉정하게 판단을 하게 되고, 괴로움도 느끼며 성숙해간다.

어떤 형태로 헤어졌다 해도, 그것이 상처와 괴로움 투성이였다 해도, 그 감정을 정리한 뒤의 잔물결에는 해방감도 따른다. 목숨 걸 정도가 아니었기 때문이라고 말할지도 모른다. 그러나 목숨을 걸었다고 해서 반드시 지울 수 없는 상처로 남는다고는 할 수 없다.

사랑을 하고 헤어질 때마다 상처를 새겨 둔다면 모든 사람은 상처투성이가 되고 말 것이다. 그리고 종래에는 그 상처 때문에 죽게 될지도 모른다. 그러나 다행히 사랑 뒤의 상처는 자신만의 착각이고, 환상이다.

많은 이별들은 상처가 아니라 오히려 영양분으로 축적되어 남는다. 사람들이 이별을 하고나서도 살아 남는 이유가 거기에 있다.

결혼의 조건과 유지법

결혼 전에는 두 눈을 똑바로 뜨고
결혼 후에는 한쪽 눈을 감으라.

신혼 초에는 잘 웃고, 잘 싸우고, 화해도 잘한다. 자란 환경이 서로 다른 사람들이 만나서 매일 같이 먹고 자고 하는 것이 그렇게 쉬운 일은 아닌데도.

다른 환경에서 자란 남자와 여자가 사이좋게 생활해 나가려면 기본적으로 다른 점을 너무 억지로 일치시켜 나가려고 해서는 안된다. 오히려 일치되지 않기 때문에 즐겁고, 또 그것을 즐길 필요가 있다.

삶은 닭을 싫어하는 남편에게는 그것을 억지로 먹으라고 강요할 것이 아니라 남편이 먹고 싶은 것을 요리하면 된다. 아내도 마찬가지다. 경제적으로나 시간적으로는 투자가 더 필요할지 모르지만.

상대에게 자기만의 취향이나 습관을 강요하는 것은 바람직하지 못하다. 우매한 짓이다.

상대의 습관이나 취향을 제대로 이해하는 것은 사실 쉽지가 않다. 상대방의 맹점을 참고 견뎌낸다는 것은 더욱 어렵다.

이상적인 결혼이 되려면 부부 사이에 어느 정도의 거리감이 있어야 한다.

흔히 말하는 부부는 일심동체라는 것은 있을 수 없다. 부부는 원래 남남이다. 전혀 모르는 남자와 여자가 만나 함께 생활하는 것이다. 그런데 상대를 자기 마음대로 조정하려고 한다면 그것이 가능하겠는가?

사람의 특성은 저마다 다르다. 따라서 어떤 일을 두고 필요 이상으로 상대방에게 기대해서는 안된다. 기대하지 않으면 배신도, 실망도, 열 받을 일도 없다.

남편도 아내가 냉정한 눈으로 자기를 보고 있음을 안다면 일요일 종일을 잠옷 차림으로 지내진 않을 것이다.

자기에게 싫게 느껴지는 것은 상대도 싫어한다고 생각하면 된다. 자기가 상쾌하지 못하다고 느껴지는 것은 상대도 마찬가지다. 기준을 자기에게 놓고 생각해 보면 어려울 것이 없다.

문제는 어느만큼 상대를 용서하고, 이해할 수 있는가 하는 것이다.

결혼 전에는 두 눈을 똑바로 뜨고, 결혼 후에는 한쪽 눈을 감으라는 얘기가 있다. 그것이 바로 정답인 것 같다.

아름다운 이별을 꿈꾸는 사람들에게

아름다운 석양에는 아름다운 노을이, 그 다음에는 추억이
라는 달이 뜬다. 몇 개인가 눈물 같은 별을 거느리고.

54

누군가 '아름다운 이별'이라고 표현한 사람이 있다.
무슨 생각으로 그런 무책임한 표현을 했는지 궁금하다.

진심으로 사랑하는 사람에게 아름다운 만남은 있을지
언정 아름다운 이별이란 없다. 그러나 그동안 나누었던
사랑을 아름다운 추억으로 가슴속에 접어 둔다면 그 이
별은 사랑의 소중한 흔적이 될 수는 있다.

사랑도 사람처럼 나이를 먹는다. 그리고 언젠가는 죽
어 간다. 죽은 사랑은 석양이 곧바로
아침 햇살로 바뀔 수 없듯이 곧
바로 부활하지 못하
고 깊은 잠에 빠
진다.

아름다운 석
양에는 아름다운
노을이, 그리고
그 다음에는 추억

이라는 달이 뜬다. 몇 개인가 눈물 같은 별을 거느리고.

어느 날 남자 친구가 말한다.
"우리 이제 끝내자."
"왜, 여자가 생겼어?"
여자가 놀란 소리로 묻는다.
"……꼭 그래서 그런 건 아니지만……"
"아니지만? 아냐, 그럴 필요없어. 사실이 그렇다고 솔직히 말해도 좋아."
"……."
"그 여잘 사랑하나 봐?"
"……응. 미안해."
"어쩔 수 없을 만큼?"
"지금은 그래."
"나를 만났을 때보다 더?"
"……."

아무 대답도 없는 남자의 차가운 옆얼굴을 보며 여자는 필사의 힘으로 자신을 지탱한다.
"그럼 할 수 없지. 안녕!"
"……."

“마지막인데 할말 없어? ……나한테.”

“할말 없어. 이건 분명 자기가 나빠서 그러는 게 아니야. 내가 나쁜 거야.”

여자는 돌아서서 울어 버린다.

여자는 그 사람을 잃고 싶지 않다. 헤어지는 것은 더구나. 그래서 부탁이니까 떠나지 말고 언제까지나 내 옆에 있어 달라고 한다.

남자는 고개를 젓는다.

여자는 집에 돌아와 방의 불도 켜지 않은 채 엉엉 운다.

그러나 운다고 해서 남자의 떠난 마음이 다시 돌아오는 것은 아니다. 이미 시들어버린 꽃이 되살아날 수 없듯이. 오히려 남자의 마음은 더 차가워진다. 시간 낭비다.

슬프지만 돌아선 남자의 마음을 돌리는 방법은 없다.

남자의 마음속에서 한번 죽임을 당한 여자는 다시 살아날 수 없다. 그러니 어쩌다 그의 추억 속에서라도 괜찮은 여자로 남아 있기를 바란다면 억지 내숭이라도 떨며 아무렇지도 않은 척, 헤어지는 것이 좋다.

남자란 제멋대로인 동물이어서 언젠가 새로운 여자에게 질렸을 때, 그때서야 그렇게 생각한다. ‘전의 그 여자가 괜찮은 여자였는데, 헤어져서 손해봤다.’ 라고.

여자와 남자 사이. 죽자 살자 했던 사이라고 해도 헤어지자는 얘기가 나왔을 때는 이미 타인이다.

눈물이 마를 때까지 남자 앞에서 울어 본들 외려 상대방에게 지겹다는 이미지만 남길 뿐이다.

아름다운 이별이란 없다. 이별이 어떻게 아름다울 수 있겠는가?

굳이 있다고 하면 이별이 왔을 때 울고불고 추태 부리지 않고 순순히 받아들이는 것이 그나마 아름답다.

사랑은 손에 쥐어졌을 때

사랑할 때 그 행복의 정상에 오르기도 전에 파국을 두려워하는 건 바보짓이다. 지금을 소중히 하고 순간순간을 즐기는 것이 좋은 태도다.

사랑이 애닯고 감동스러운 것은 처음 만남 속에 이별이 내포되어 있기 때문이다. 이 사랑이 언젠가는 끝날 거라는 예감. 그가 나를 더 이상 사랑하지 않고, 내가 그를 사랑하지 않게 되는 날이 오리라는 것은 처음 만나는 순간부터 이미 예정되어 있는 것이다.

아직 상대에 대해서 아무것도 모르고, 그가 나의 사람도 아닌데, 이 사람을 잃어버리면 난 살아갈 수 없다고 느끼는 그런 만남이 있다.

젊을 때는 그 불안을 잘 숨기는 기술이 없기 때문에 바로 상대에게 보여진다. 그리고 실제로 그 때문에 사랑이 깨지기도 한다.

사람을 좋아할 때, 그 행복의 절정을 아직 찾아보지도 않고 파국을 두려워하고 걱정할 필요는 없다. 얼마나 어리석고 바보 같은 짓인가!

지금이라는 시간을 소중히 하고 순간 순간을 즐기면 된다. 그러기 위해서는 자신의 감정을 조절할 수 있는 훈련이 필요하다.

사랑에는 에너지가 필요하다. 그 에너지가 충일한 지금 이 시간을 소중하게 여기고 후회없이 즐기는 사람이 현명하다. 사랑뿐만이 아니라 모든 일에서.

누구에게나 안타깝고 후회되는 일들은 있다.

부딪치는 일들을 처리하며 괴롭다고만 생각했지 즐기지는 못했던 일들도 있고, 오늘이 아니어도 내일이 있으니까 하고 내일로 미뤄 버렸던 일들도 있다. 괴로운 일뿐 아니라 즐거운 일들까지도. 어쩌면 내일이라는 것이 존재하지 않을지도 모르는데.

사랑도 마찬가지다. 만일 지금의 사랑을 잃어버릴까 봐 두려운 마음이 있다면 보다 적극적으로 나서서 가꾸고 키워 나가야 한다. 사랑이 가까이 있는 동안에.

이별의 미학

이별에는 미학이 없다. 있다면 이별이 곧 새로운 만남의 출
발점이 된다는 것뿐이다.

60

"우리들의 사이를 이것으로 끝내고 싶어."

전화기 속의 상대가 얘기한다.

"헤어지고 싶다고? 나를 버리겠다고? 그래. 그럼 그렇
게 해!"

시원스럽게 전화를 끊는다. 그러고 나자 은근히 분노
가 끓기 시작한다.

이별 얘기는 슬프다든가 절망이라든가 하는 사치스런
감정이 아니다. 오직 분노다.

상대가 자기를 버리는 것에 대한 분노. 그것은 상대방
에 대한 분노이자 버림을 받은 자기 자신에 대한 분노다.
그러므로 상대방을 원망할 것이 아니라 자신을 반성해
야 한다.

그게 중요하다. 반성이 없으면 인간은 영원히 더 나아
질 수 없다.

사랑이 끝나고 이별이 왔을 때 슬픔 때문에 팔월의 땡
볕에 시든 담장 위의 호박잎처럼 하고 있는 사람은 추하

다. 겨우 이별 정도로 고통 속에서 헤어나지 못하고 처져 있는 모습은 궁상스럽다.

이별은 본디 아름다운 것이 아니다. 분노, 질투, 복수, 슬픔, 절망의 감정으로 뒤범벅이 되는 게 이별이다.

이별이 왔을 때 무난하게 비켜 나가는 것도 중요하지만 그 이별로 인해 자신이 어느만큼 인간으로서 성숙하고 풍부해지는가가 더 중요하다.

이별 뒤의 에너지를 네거티브negative가 아닌 포지티브 posive로 써야 한다. 이별에 지는 것이 아니라 이별로 인해 새로운 출발을 해야 한다. 소금물에 절인 배추처럼 이별의 슬픔에 푹 젖어 좌절하는 것이 아니라 그 슬픔과 절망을 딛고 다시 도약하는 계기로 만들어야 한다.

이별에 미학이라는 것은 없다. 있다면 이별이 곧 새로운 만남의 출발점이 된다는 것뿐이다.

여행은 사람을 성숙시킨다

사람은 누구나 짐이 될 정도의 소중한 것들을 갖고 살아간
다. 아내, 남편, 애인, 아니면 보석 등과 같은. 그러다가 어느
날 문득 그것들이 주는 중압감으로부터 해방되고 싶어한
다.

나이가 들수록 울고 싶을 만큼의 감동을 받는 일이 드
물어진다. 감정이 메말라 간다는 증거다. 때문에 감동을
느끼려면 보조 역할을 해줄 다른 무엇인가가 필요하다.

아름다운 풍경을 볼 때면 좋아하는 사람과 함께 왔으
면 하는 생각이 든다. 좋아하는 사람이 곁에 있다는 그
사실만으로도 눈 앞의 풍경이 더 촉촉하고 더 아름답게
보일 테니까.

그렇지만 좋아하는 사람이 곁에 있다 해도 그 사람이
자신과 같은 풍경을 보지 않을 수도 있다. 그런 생각이
들면 고독해진다.

손을 뻗치면 바로 닿을 거리에 있으면서, 같은 곳을 향
하고 있으면서, 서로 다른 것을 보고 있다면 얼마나 슬픈
일인가.

그에 비하면 차라리 옆에 아무도 없는 게 편해지는 때도
있다. 옆에 있는 사람이 중압감으로 작용할 수도 있는 것
이다. 그리고 그가 소중한 존재일수록 중압감은 더하다.

　사람은 누구나 짐이
될 정도의 소중한 것들
을 갖고 살아간다. 애인
이라든가, 아내라든가,
남편이라든가, 아니면
보석이라든가 하는. 그
러다가 어느 날 문득 그
것들이 주는 중압감으로
부터 해방되고 싶어질
때가 있다.

　여자는 사랑하는 사람이 있었지만 혼자서 유럽 여행을 떠났다. 여행의 마지막 도시인 파리에서 5일을 지냈다. 파리는 몹시 불결했다.

　불어를 전혀 모르는 여자는 종일 누구하고 말 한마디 않은 채 지냈다.

　여행의 목적은 파리를 발견하는 것도, 새로운 만남을 위한 것이 아니라 단지 자기 자신의 실상을 보고 싶었고, 찾고 싶어서였다. 그러나 어떻게 해야 자신을 찾는 것인지 정확히 알지 못하고 있었다.

　자기 자신의 무엇인가를 찾으려면 용기가 필요하다.

　여자는 결국 아무것도 얻지 못한 채 자신에게 더욱 절망하고 불안을 안은 채 돌아왔다. 그리고 사랑하는 사람과 헤어졌다.

시간이 흘렀다.

최근에 여자는 그때 파리를 여행했던 생각을 하며 비로소 다시 자기 마음속에서 여행이 시작되고 있음을 느낀다. 파리에서 자신이 천애고아라고 생각함으로써 중압감으로부터 해방될 수 있었던 경험을 그리워한다.

여행은 일상으로부터 얻는 감동과 실의와 거짓과 눈물 뒤에 문득 보이는 고독과 같은 것이 아닐까?

여자가 소중하게 생각하는 것은 그 사람과 헤어지게 된 자존심이었을 뿐, 그 사람 자체가 아니다. 그 증거로 여자는 사랑을 하면서도 이 사랑이 지속되면 자신의 정신이 엉망으로 파탄되고 말 것이라는 생각을 수없이 했다. 분명히 불행하게 되고 말 것이라는 집요한 예감. 그러면서도 질질 끌었던 것은 자기의 선택에 대한 잘못을 인정하고 싶지 않은 자존심 때문이었다.

여행은 여자에게 용기를 갖게 해주었다. 아닌 것은 아니라고 할 수 있는 용기를.

여행은 미처 모르고 있었던 자신을 발견하게 해준다.

사랑하고 사랑받는 일

이혼까지 갈 정도로 부부 사이가 멀어졌다 해도 사회는 잔
소리하지 않는다. 처음 결혼했을 때처럼 정열이 있는지 없
는지도 알려고 하지 않는다.

인간은 원래 외로운 동물이다. 나이에 상관 없이. 그래
서 누군가에게 의지하고, 기대며, 사랑하고, 사랑받기를
원한다.

사랑이란 사실 보증할 수 없는 것이다.

여자와 남자가 만나 사랑할 때, 그 사랑이 계속될지 안
될지 말하는 것은 내기에 불과하다. 늙어서 백발이 될 때
까지 함께 있을지, 일 년으로 파탄이 오게 될지, 사랑이
시작됐을 때는 본인들도 상상이 안 된다. 사랑은 신기루
같은 것이다. 그럼에도 불구하고 영원히 사랑하고, 사랑
받고 싶어한다.

사람들은 사랑의 보증을 위해서 결혼을 한다.

그 결혼은 사회적으로 부부임을 보증해 준다. 재산, 아
이들, 생활 등을 법률이 지켜주고, 피해를 입었을 때에는
보다 유리하게 해결해준다. 그러나 두 사람의 애정까지
보장해 주지는 못한다.

부부 사이가 갈라져 이혼을 한다 해도 사회는 잔소리

하지 않는다. 부부에게 애정이 있는지, 없는지. 처음 결혼했을 때처럼 정열이 있는지 없는지도 알려고도 하지 않는다.

만일 결혼이 사랑의 끈을 보증해 주는 것이라면 아직까지 홀로 있는 사람들은 서슴없이 결혼할 것이다.

현재든, 앞으로든, 결혼하는 것이 중요한 게 아니라 죽을 때까지 사랑하고 사랑받는 일이 중요하다.

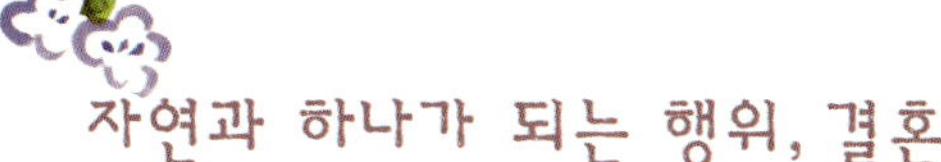

자연과 하나가 되는 행위, 결혼

자연을 느낄 때의 기쁨은 관능의 기쁨이다. 그래서 사람들
은 자연을 느낄 때 사랑하게 된다.

결혼은 두 사람이 아무리 사랑해도 여러 가지 조건이 맞지 않으면 성립되지 않는다.

결혼은 하나의 계약이다. 사회의 승인을 받기 위해서는 어쩔 수 없이 이행해야 하는.

결혼과 연애는 같은 게 아니다. 질적으로 전혀 다른 사랑의 형태다.

누구든 결혼은 지속시키고 싶어한다. 원래 자신들의 사랑을 지속시키고 싶어서 결혼이라는 조금 지루한 일상을 선택하는 것이다. 결혼생활에는 그런 일의 연속이 결혼생활이다.

좋은 일이든 나쁜 일이든 있게 마련이다.

연애는 순간적 쾌락이다. 그러나 언제나 아름답다고는 말할 수는 없다. 어떤 의미에서는 연애란 과거의 것이다. 한 시간 전에 사랑했던 남녀의 사랑이 내일도 지속된다는 보장은 없다. 헤어지는 순간에 다른 사랑이 생길 가능성도 있다.

연애에는 약속이 없다. 그러나 결혼은 서로가 합의한 대로 사랑을 지속시키자는 약속이다.

연애는 눈에 보이는 유형의 것이 아니라 마음과 욕망을 순간순간 자각하는 마음의 행위일 뿐이다.

그러나 결혼은 사랑을 형태로 만들려는 행위다. 여자와 남자의 추상적인 결합이 아니라, 생활을 함께하는 구체적인 형태다. 그 안에서 남자는 남편이자 아버지이고, 여자는 아내이자 어머니다. 그렇게 몇 개의 복합된 성격을 갖는다. 연애에서처럼 단순히 여자와 남자로 그치지 않는다.

그렇다고 결혼만 하면 영원히 안전한가?

일생 동안 함께 살 상대인가 어떤가는 실제로 살아 보지 않으면 모른다. 삼십 년을 같이 살고도 헤어지는 경우가 얼마든지 있다.

계속해서 후회하면서도 결혼이라는 형식에 연연하는 사람도 있다. 또, 연인으로서는 최고지만 아내 또는 주부, 어머니로서는 최저인 사람도 있다.

결혼은 자신들만이 즐길 수 있는 유토피아다. 여자와 남자가 완전하게 일 대 일이 되는 상태다.

까뮈는 '결혼이란 자기가 자연과 하나가 되는 감정'이라고 했다. '밤 하늘의 별, 젖은 풀, 광대한 바다 속에 동화하는 기쁨'이라 했다.

자연을 피부로 느낄 때의 기쁨은 관능의 기쁨이다.

그래서 사람들은 자연을 느낄 때 사랑하게 된다.

행복은 남을 위해 무언가를 하는 것

어리석은 사람은 세속의 명예를 탐하느라고 바른 길을 선택
하지 못한다. 허명은 자신을 위험에 빠지게 하는 화근이다.

그리스의 철학자 에피크로스는 '금전·쾌락·명예를
사랑하는 사람은 사람을 사랑하지 못한다.'고 했다.

맞다. 어리석은 사람은 세속의 명예를 탐하느라고 바
른길을 선택하지 못한다. 허명은 자신을 위험에 빠지게
하는 화근이 된다. 그 뉘우침은 나중에 온다.

《비유경譬喩經》에 이런 얘기가 있다.

네 명의 아내를 둔 남자가 있었다. 그는 수명이 다 돼서
저 세상으로 가게 되었을 때, 아내 중 한 사람을 데리고
가고 싶었다.

그래서 평소 가장 사랑했던 첫 번째 부인에게 얘기를
하니 그녀는 싫다고 냉정하게 거절했다.

두 번째 부인에게 부탁하니 역시 싫다고 했다.

세 번째 부인은 성묘 정도는 가겠지만 저승까지는 가
지 않겠노라고 했다.

마지막으로 하녀처럼 부리던 네 번째 부인에게 부탁하

니 선뜻 무간지옥의 불더미 속이라 해도 따라가겠노라
고 했다.

　이 얘기에서 첫 번째 부인은 인간의 육체, 즉 목숨을 비
유한 것이다. 육체는 저승에까지 함께 가는 반려자가 될
수 없다.

　두 번째 부인은 재산·지위·명예·권력을 지칭하는
것으로 역시 저승에 갖고 갈 수는 없다.
　세 번째 부인은 실제의 아내다. 아무리 사랑해도 역시
동반할 수는 없다.
　네 번째 부인은 우리들이 매일 만들어 내는 선업과 악
업이다. 그것은 저승 세계까지도 그림자처럼 떨어지지
않는다.
　우리들은 조금이라도 자기 이름이 뜨면 그 허명虛名을

자기 자신의 실체라고 생각한다. 해서 득의만면하지만 그것이 본인의 가치를 절대적으로 높여주지는 못한다.

노벨문학상을 거절한 소련의 작가 파스테르나그는 이렇게 말했다.

'평범한 사람은 다른 사람보다 더 돈을 벌고 싶다라든가 빨리 출세를 하고 싶어 한다. 그러나 인생의 행복은 부자가 되는 것이 아니다. 부자는 그저 돈을 지키고 있을 뿐이다. 자기가 그것을 마음대로 쓸 수 없다면……'

총리가 되고, 장군이 되어 훈장을 어깨에 단다 해도 그 가치를 모른다면 '돼지 목에 진주목걸이'를 건 것과 다를 바 없다.

훈장을 받는 일 그 자체가 훌륭한 건 아니다. 명예와 돈이 인생의 최종 가치가 될 수도 없다.

파초와 대나무는 열매를 맺고나면 시들어 버리고, 복마ㅏ馬는 짐을 실어나를 수 없게 되면 죽는다.

인생에서 행복한 때는 남을 위해 뭔가를 할 수 있을 때다. 남을 위해 일생을 바친 사람은 아름답다.

마더 테레사처럼.

인생이란 자기 자신을 껴안는 것

누구나 삶을 명쾌하고 편하게 살고 싶어한다. 그러려면 삶을 있는 힘을 다해서 껴안는 것이 중요하다.

기억이 좀 흐리지만, 플로베르의 단편에 이런 얘기가 있다.

추운 겨울에 한 성인聖人이 꽁꽁 얼어붙은 길을 가다가 길바닥에 쓰러져 있는 거지를 보았다.

거지가 말했다.

"옷을 벗어 줘!"

성인은 코트를 벗어 주었다.

"아직도 춥다. 그 옷도 줘!"

성인은 다시 거지가 원하는 대로 윗도리를 벗어 주었다. 그러나 거지는 그것으로 만족하지 않았다.

"나를 안아서 따뜻하게 해줘!"

성인은 그의 몸을 안았다.

"더 세게!"

거지가 소리를 질렀다.

성인이 거지의 몸을 더 세게 껴안으니까 거지의 몸에

서 갑자기 빛이 나오기 시작했다. 그리고 예수로 변했다.

　이 글을 처음 읽은 것은 고등학교 때였다. 그때는 어리석은 애기라고 생각하고 별 감동을 받지 못했다.
　오랜 세월이 흐른 지금 다시 한번 생각해 본다.
　거지를 '인생'으로 바꿔 놓고 보니 그 의미를 알 수 있을 것 같다.
　거지처럼 꺼림칙한 인생이 우리들에게 자신을 안아달라고 요구하고 있다. 버리지 말고 사랑해달라고.
　성인이 인생을 안아주자 '강하게! 더 강하게!' 하고 졸라댄다. 그래서 그가 원하는 대로 하자 예수로 변하면서 빛이 났다는 것이다.
　인생은 참담한 것이다. 기쁨보다도 괴로움을 안고 산다. 그 중에도 인간관계의 어려움은 어떤 지혜나 어떤 교육으로도 해결할 수 없다.
　인간관계의 기본은 실패라고 정해져 있다.
　누구나 삶을 명쾌하고 편하게 살고 싶어한다.
　그러려면 삶을 있는 힘을 다해서 껴안는 것이 중요하다.

유한한 시간 속의 인간

계약된 시간 안에서 계약된 생을 살면서 덤으로 사는 인생
이라고 하든가 시간은 얼마든지 있다고 아무 것도 하지 않
는 사람은 참으로 불손하다.

돈은 타인으로부터 빌릴 수 있지만 시간은 빌릴 수 없
다. 뿐만 아니라 저축해 둘 수도 없다. 당연한 얘기인데
도 사람들은 의외로 내일이 있으니까 내일 하면 된다는
식으로 자신을 쉽게 납득시켜 버린다.

시대는 항상 바뀌어 간다. 그런데 거기에 보조를 맞추
지 못하고 시대에 뒤쳐진다고 느끼는 것은 자신이 시간
관리를 제대로 하지 않아서 그렇다.

자신의 시간을 자신과 계약하는 게 생生이다.

흥청망청 놀고 마셔 재산을 날리는 것은 뉴스거리도
되고, 소문도 나지만, 시간을 함부로 써버리는 데는 아무
런 벌도 없다.

그러나 누구나 한번쯤 달력장을 넘기면서 자신의 남아
있는 시간을 헤아려 볼 때가 있다. 그러면서 시간을 흥청
망청 써버렸다는 데에 생각이 미치면 후회하고 자괴감
에 빠진다.

시계를 차고 다니는 것은 시간을 지키겠다는 의사 표

현이다. 그리고 예정에 따라 쓰는 시간은 당연히 아깝지 않다.

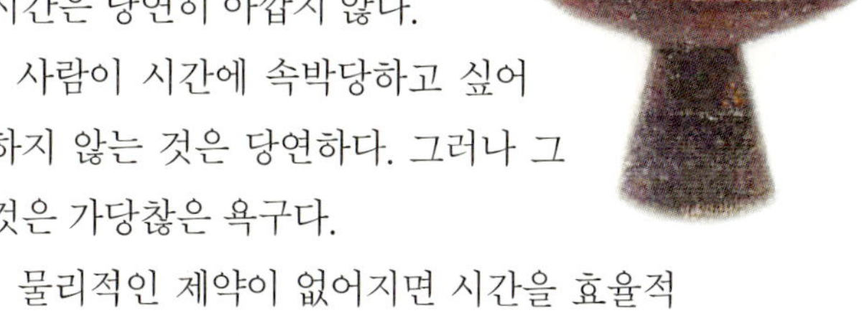

사람이 시간에 속박당하고 싶어 하지 않는 것은 당연하다. 그러나 그것은 가당찮은 욕구다.

물리적인 제약이 없어지면 시간을 효율적으로 쓸 수 있다. 그러나 이것 또한 가당찮은 망상이다. 사람이 어떻게 물리적 제약에서 벗어날 수 있겠는가!

어차피 훔쳐 올 수도, 빌려 올 수도 없는 게 시간이라면 자기가 갖고 있는 시간을 최대한도로 소중하게 사용하는 게 최선이다.

인간은 죽음이라는 골을 향해 한결같이 달려가는 러너 Runner다. 그 골은 예정되어 있지만 누구도 그것이 몇 년, 몇 월, 며칠, 몇 시가 될지 그 타이밍을 모른다.

사람은 살아 있을 때 자기밖에 할 수 없는 일을 완성하여 후세에 남겨야 한다. 아무 것도 남길 게 없는 사람은 삶을 잘못 산 거다.

사람들은 계약된 시간 안에서 계약된 삶을 산다. 그런데도 시간은 얼마든지 있다고 하면서 아무 것도 하지 않는 사람은 참으로 불손하다.

관계를 잇는 보이지 않는 끈

사람들은 고독을 겁내는 동물이기 때문에 다른 사람과 서로 관계를 맺으려고 한다. 보이지 않는 끈으로.

사람을 사랑하는 것이 기쁨인 시간은 아주 짧다. 그 시간이 지나고 나면 괴로움이 시작된다. 인간 관계 또한 그러하다.

부부, 또는 연인 등 사람의 관계를 연결시키는 끈은 눈에 보이지 않는다. 만져지지도 않는다.

사람은 고독을 겁내는 동물이기 때문에 항상 다른 사람들과의 관계를 맺으려고 한다. 상대방과 나와의 고리를 채워두고자 하는 것이다. 보이지 않는 끈, 존재하지 않는 고리로.

인간의 정이나 사랑을 물리적으로 존재하지 않기 때문에 역시 물리적으로 묶어 둘 수 없다. 그럼에도 묶여진 것 같은 착각.

사랑은 사랑함으로써 묶여지는 것이 아니라 해방된다. 그럼에도 사람들은 사랑으로 상대방을 묶어 두려고 한다.

상대방에게 의존하고 있는 한 진정한 사랑의 관계란

있을 수 없다.

경제적으로, 정신적으로 홀로서기가 되어 있지 않는 한 자유스런 관계는 맺을 수 없다.

항상 상대방에게 무엇인가를 기대하지만 대개의 경우 그 기대는 허물어지고, 배반당하고, 상처받는다. 그리고 그러는 동안에는 좋은 관계란 없다.

내가 성숙해졌다고 느낀다면 그것은 타인에게 과대한 기대를 하지 않게 되었다는 의미다. 사람들에게 기대당하는 쪽에서는 그 기대만큼의 중압감에 가위 눌린다.

아픔을 모르는 사람은 사랑할 수 없다. 때문에 사랑의 괴로움에서 벗어나는 것만 생각할 것이 아니라 그 사랑의 괴로움을 함께 괴로워해주는 것이 성숙해지는 데 도움이 된다. 특히 여자와 남자 사이에서는.

여자와 남자가 있는 풍경

결혼을 하고 나면 여자는 모든 것이 빠르게 변화한다.
그러나 남자의 경우는 본질적인 것은 그다지 변하지 않는다.

결혼은 남자와 여자의 숨겨진 정체를 조금씩 드러내게 한다.

남자가 결혼을 결심할 때는 대강 두 가지 이유일 때다.

하나는 자신의 주변 일, 외롭다거나 식사, 청소, 빨래 등 치다꺼리가 귀찮아질 때다.

또 하나는 상대방 여자가 마음에 들 때다.

그러나 여자는 조금 다르다.

상대방의 경제력, 자신의 입장, 연령, 장래성, 가족사항 등이 마음에 들 때다. 물론 애정을 기본으로 하여.

그러니까 여자는 단 두 가지 조건을 전제로 해서 결혼을 결정하는 남자와는 달리 다소 복잡한 계산으로 출발한다는 점에서 다르다.

여자와 남자, 어쨌든 결혼을 한다. 부부가 된다.

처음에는 서로의 예의, 호기심, 신선함에 의해 꽤 즐거운 시간을 보낸다. 그리고 세월이 흐름에 따라 두 사람은 서로 익숙해진다.

예의, 호기심, 살고 있는 집, 가구, 식탁, 그 모든 것에도 익숙해진다.

어느덧 집안은 아내의 감각에 맞게 꾸며져 있다.

아침, 점심, 저녁 식사의 메뉴도 거의 아내의 플랜이고, 아내의 식성이다. 집에 드나드는 손님도 아내에게 볼일이 있는 경우가 많다. 전화도 남편에게보다 아내에게 걸려 오는 횟수가 많아진다.

휴일이 되면 종일 잠옷 차림으로 뒹구는 남편. 부시시한 머리에 홈드레스를 아무렇게나 걸쳐 입은 아내.

그렇게 종일 같이 있어도 서로 얼굴을 똑바로 쳐다보는 일이 별로 없다. 평일에도 아내는 남편이 출근한 뒤에 일어났다가 남편이 돌아오기 전에 잠자리에 먼저 드는 횟수가 많아진다. 남편은 신문을 들고 화장실에도 가고, 이를 닦지 않은 채 침대에 들기도 한다. 그리고 아내 앞에서 보통으로 방귀를 뀐다. 트림도 한다. 잘 때는 코를 골고 이도 간다. 점점 대화가 없어진다.

남편의 반짝거리던 유머도 들어 보기 힘들어진다.

잠자리에서의 사랑도 뜸해진다.

어느 날 아침, 문득 남편이 짜증을 부린다.

"맨날 아침, 바짝 마른 토스트 조각만 먹여 보내지 말고 국 좀 끓여 줘! 북어국 말야. 원, 속이 쓰려서 견딜 수가 있어야지."

'미안해요.' 라거나 '알았어요!' 한 마디면 끝날 일을 아내는 손해본다는 느낌 때문에 길게 뱀처럼 늘여 쓴다.

"누가 매일 밤 그렇
게 마시랬어요? 당신만 절제
하면 그러지 않잖아요!"
"젠장! 누가 마시고 싶어 마시는 줄
알아? 다 가족들을 먹여 살리려니까 그렇지."
"아휴! 그래요? 고맙네요. 맨날 술집 아가씨들하고 흥
청망청하면서……. 나도 그런 데 가서 술 좀 마셔 봤으면
원이 없겠네. 아휴, 지겨워!"
"나도 지겨워!"
남편과 아내는 서로 으르렁댄다. 그러다가 남편은 문
이 부서져라고 닫고 나간다. 부서진 문을 고쳐 놓는 것은
결국 자기이면서.
결혼 전에는 천사처럼 보이던 아내가 어느새 그냥 보
통 아주머니로 변해 있다.
매력적이던 남편도 보통 아저씨로 보인다.
결혼 전, 서로를 알기 위해 정열을 태우던 일도, 상대방
을 기쁘게 해주려 정성을 쏟던 마음도 까마득해지고, 전
혀 다른 사람처럼 여겨진다.
결혼은 가장 사랑하는 사람과 한다.
결혼을 하고 나면 남편에게는 남자와 남편, 그리고 부
성父性의 세 가지 요소가 있고, 아내에게는 여자와 아내,
모성母性의 세 가지 요소가 있다. 그 공헌도로 따지면 남
자, 아버지, 남편의 순서일 것이다.
그러나 아내는 그 순서가 다르다. 우선 어머니, 다음에

아내, 그리고 여자의 순서다. 때로 여자로서의 자기는 없어도 좋다고 느낄 때도 있다.

여자는 결혼에 의해서 빠르게 변화해 간다. 그러나 남자는 독신일 때도, 남편이 되어서도, 아버지가 되어서도 본질적인 것은 그다지 바뀌지 않는다. 변화한다 해도 조금씩 변화해 갈 뿐이다. 변화해도 그것은 형식적인 변화일 뿐 본심은 결국 같다.

여자는 아내가 되고, 엄마가 되면서 남편에게 자신과 같이 변화되어주기를 요구한다. 그것을 당연한 것으로 생각한다.

그때다, 남편이 호흡곤란증을 느끼는 것은.

아내는 벌써 가정이라는 속에 뿌리를 내리고 있다. 밀려도, 쓰러뜨려도, 절대 움직이지 않는다.

아내의 감각, 아내의 윤리는 모두 주부의 권한으로 행해진다. 그리고 그 감각과 윤리로 남편을 판단하기 시작한다. 그러니까 아내에게는 남편이 그저 남편이고, 아이들의 아버지로밖에 보이질 않는다. 남편이 그 이상의 범주를 벗어나는 것을 원치 않는다.

그러나 남자는 그렇게 구속당하는 것을 무엇보다도 싫어한다. 언제까지나 남자로 있고 싶어하는 것이다.

결혼 생활이 여자와 남자에게 결합과 안정을 전제로 하는 이상 정열의 세계와는 거리가 멀다.

연애 시절, 그토록 두 사람을 불타게 했던 정열!

그러나 결혼과 동시에 흔적도 없이 사라져버린다.

불가능할 것 같던 결혼을 가능하게 했던 그 정열은 도대체 어디로 가버린 것일까?

여자와 남자가 정열을 지속하고자 한다면 결혼을 하지 않는 것이 좋다.

정열은 안정되지 않는 것, 만족되지 않는 것이기 때문에 장애가 많으면 많을수록 타오른다.

만나고 싶어도 만날 수 없을 때, 또는 상대방에 대해서 모를 때, 상대방을 믿을 수 없을 때, 의심을 하면 할수록, 질투를 하면 할수록, 정열의 불은 거세어진다.

정열은 불안과 갈등을 먹고 산다. 만화 속의 불가사리가 쇠를 먹고 사는 것처럼.

결혼 생활이 안정을 전제로 한다면 그곳에서 정열은 자리잡을 수 없다. 정열이 필요로 하는 고뇌, 질투, 상대방에 대한 호기심 등은 이미 증발해버리고 없을 테니까.

그런데도 많은 아내, 많은 남편들의 불만은 상대방에 대한 정열을 느낄 수 없다는 것이다.

그것은 물속에서 불을 찾는 것과 같다.

그러나 정열이 끝난다고 사랑도 끝나는 것은 아니다.

사랑은 정열 뒤에 온다.

신문을 들고 화장실에 가건, 이를 안 닦고 자건, 쩝쩝 소리를 내면서 음식을 먹건, 잠옷 바람으로 집안을 왔다 갔다 하건…… 또, 아이를 낳을 때마다 아내의 엉덩이가 부풀어 가건말건, 부시시한 머리 모양을 하고 부엌에서 요리를 하건말건 그렇게 서로 자신을 전부 드러내 보인 후에 거기서부터 시작되는 것이 부부의 사랑이다.

사랑은 한 쌍의 커플이 같은 운명체 속에서 고통을 키워 가면서 노력과 인내로 만들어 가는 것이다.

권태는 어떤 부부에게도, 어떤 생활 속에서도 찾아온다. 왜냐하면 부부 사이에는 정열이 존재하지 않으니까.

권태가 찾아왔을 때 지혜가 필요하다. 아이들의 힘을 빌려 위기를 뛰어넘는 것도 지혜다.

남편에게 있어 결혼기념일이나 아내의 생일 따위는 아무래도 좋은 것으로 밀려난다.

그러나 아내에게 있어서는 보석 이상으로 소중한 것이 각종 기념일이다. 남편이 아차해서 그런 날들을 기억하지 못했다가는 큰일난다.

아내의 잔소리, 남편을 가볍게 들었다가 놓는 권위. 그리고 박력, 그것이 결혼 생활이고 사랑이다.

결혼이라는 것은 여자와 남자가 있는 풍경 속에서도 가장 잔인하게 느껴지는 풍경이다.

내 탓이라고 말하는 주인의식

84

어떤 일이 마음대로 되지 않을 때 사람들은 누군가에게 책임을 전가한다.

필요한 것을 제자리에서 찾지 못하는 것은 그것을 누군가가 어디로 치웠기 때문이라고. 자동차의 브레이크가 작동하지 않는 것은 카센터에서 엉터리로 고쳤기 때문이라고. 가계부가 적자인 것은 마누라가 돈을 낭비했기 때문이라고. 집이 어수선한 것은 애들이 치우지 않았기 때문이라고. 기획이 늦어진 것은 동료가 제대로 일을 하지 않았기 때문이라고…… 예를 들자면 끝이 없다.

그런데 묘한 것은 잘못되는 일은 남의 탓이고, 잘되는 일은 자기 능력 때문이라고 돌려놓는다.

어떤 잘못을 타인의 책임으로 돌리는 습관에 젖으면 자신의 분노나 욕구불만, 우울, 스트레스, 불행 등까지 모두 타인 때문이라고 생각하게 된다. 그리되면 행복해질 수 없다.

물론 그럴 수도 있겠지만 자기 자신은 그것을 극복하

는 데 서야 한다.

집안이 어질러져 있으면 누군가의 책임으로 돌리지 말고 자기가 먼저 청소하고, 가계부가 적자나면 자기가 절약할 방법은 없을까 생각하고.

자신을 행복하게 만들 수 있는 사람은 자기밖에 없다는 사실을 제대로 인식해야 한다.

매사를 남의 탓으로 돌리는 것은 스트레스만 누적된다.

어떤 일의 결과를 남의 탓으로 돌리는 것은 자신의 행·불행을 자기가 조정하지 못하고 남에게 좌우당하는 셈이 된다. 그렇게 되면 삶이 재미없고, 노예와 같은 느낌만 생긴다. 아울러 선택자로서의 위상도 찾을 수 없다. 자기 인생에서 주인이 되는 것을 포기하는 행위다.

남의 탓으로 돌리는 버릇을 없애면 인생은 더 즐겁고 편안해진다. 다소 어려운 일이긴 하지만.

책은 선생이고, 길이다

책을 읽는 이유는 자신의 마음을 풍부하게 하고, 저자의 인생관을 자기 나름대로 받아들이고, 인생의 폭을 넓혀가는 데 있다. 그것이 독서의 효용가치다.

86

나폴레옹은 아홉 살에 코르시카섬을 떠나서 파리로 갔다. 공부하기 위해서였다. 그리고 스물여덟까지 수면 시간을 네 시간으로 한정하면서 생활했다.

나머지 스무 시간은 무엇을 했는가? 한결같이 책을 읽었다.

그의 정치력, 군사력, 통솔력, 모두 독서에서 비롯되었다. 인격까지.

책을 읽는 이유는 지식을 쌓고, 감성을 풍부하게 하며, 자신을 성찰하는 데 있다. 이것이 독서의 효용가치다.

여행에 대한 책을 읽으면 집에 있으면서 명소를 알게 되고, 아름다운 풍경을 상상할 수 있어 직접 가 본 것 같은 느낌을 누릴 수 있다.

독서는 사고의 공간을 넓혀 준다. 책은 문자를 통해서 정보를 전달받기 때문에 읽어감에 따라 이미지가 확산된다.

예를 들어 영화나 TV에서는 악인이 나타나면 바로 악

인의 얼굴이 보이기 때문에 악인의 얼굴을 상상할 수가 없다. 그러나 책 속에 등장하는 악인은 독자 마음대로, 독자 능력대로 상상이 가능하다. 창조하는 것이다.

다시 말해서 독서의 묘미는 이미지를 넓혀 가고, 그것을 자신의 것으로 만들어 가는 데 있다.

그렇게 하기 위해서는 필요한 책만을 읽겠다는 고집을 버리고 다양한 분야의 책을 섭렵하는 것도 좋다.

독서에서 헛됨이란 없다. 언젠가는 반드시 도움이 된다. 1년 후일 수도 있고 30년 후일 수도 있으며, 50년 후일 수도 있다.

학생 때 읽었던 명작 한 권의 감동이 인생관을 세우는 데 도움이 되기도 하고, 삶의 테마가 되기도 한다.

지적 욕구를 가지고 책을 읽어라. 언젠가 그 결과가 나타났을 때의 기쁨, 그것이 책을 읽는 이유다.

사랑이라는 이름의 독약, 불륜

불륜의 사랑에는 안정이란 게 없다. 포기와 고뇌와 인내가
있을 뿐이다.

아내에게는 없는 매력을 다른 여자에게서 발견하고 끌
리는 것, 남편에게 없는 매력을 다른 남자에게서 발견하
고 끌리는 것, 거기에서 불륜이 시작된다.

매력적인 남자도 집에 돌아가면 아내가 있고, 그 아내
가 볼 때는 그 남자가 별 매력이 없을 수도 있다. 그 반대
의 경우도 마찬가지다.

항상 옆에 있는 사람이 별로 재미없게 느껴지는 것은
숙명적인 비극이다. 옆에 있으니까 사이가 좋고, 언제나
함께 있으니까 매력적이라고 느낄 수 있다면 얼마나 좋
을까만 반대로 눈을 다른 데로 돌리게 되는 것이 인간의
비애다.

바람기와 불륜은 다르다.

부부가 아닌 상태에서 상대가 자주 바뀌는 것은 바람
기 때문이고, 바뀌지 않는 것은 불륜이다. 즉 용납될 수
없는 상황에서의 연애가 불륜이다.

불륜의 사랑에는 안정이란 게 없다. 포기와 고뇌와 인

내만 있을 뿐이다.

불륜은 투쟁이다. 애인과의 투쟁, 애인의 배우자와의 투쟁, 도덕·윤리와의 투쟁, 참고 견디는 것과의 투쟁. 끊임없이 몸에 달라붙는 고뇌와의 투쟁.

불안과 질투, 배신…….

부부는 애정이 없어도 함께 잠을 잔다. 당연한 일이다. 때문에 단순히 제삼자라면 걸고 넘어지지 않겠지만 불륜의 사랑에 빠진 사람은 그것조차도 질투한다.

불륜의 관계에서 남자가 치르는 대가의 분량과 여자의 분량은 다르다. 남자는 결과에 대한 대가만을 치르면 되지만 여자는 인생 그 자체가 뒤틀려 버린다.

불륜의 애정관계가 시작했다면 이 정도는 각오해야 한다. 그때부터는 보통 사람들과 같은 평범한 행복은 없다는 것까지도.

불륜에 빠진 사람이 '나는 각오하고 이 길을 택했노라.'고 하는 경우를 보았다.

인간이 각오를 했다고 해서 그 각오를 영원히 지속시킬 수 있는 것은 아니다. 따라서 무의미한 각오다.

그럴 정도의 각오가 있다면 다른 인생을 전개시키는 게 훨씬 바람직하다.

불륜의 사랑에는 아무것도 남는 것이 없다. 있다면 파멸뿐이다.

연인

사랑은 동그라미,
똑같은 사랑의 달콤한 영원 속을 끊임없이 맴돈다.
— R. 헤리크

부부라는 이름의 배

　여자의 경우 매력적인 남성을 만나면 그 남자의 아내를 보고 싶어 할 수 있다. 마찬가지로 괜찮은 여자를 보면 어떤 남자와 살고 있는지 궁금해질 수 있다.

　그러나 정작 만나 보면 멋있는 사람도 있고, 그저 그런 느낌의 사람도 있다. 그러나 본질적으로는 별볼일 없는 남자가 별볼일 없는 여자와 살고 있다는 것을 알게 된다.

　부부가 그 나름대로의 관계를 길게 계속 유지할 수 있는 것은 자신의 자로 상대방의 치수를 재기 때문이다. 제 눈에 안경이라는 얘기다.

　일류가 되려면 어렸을 적부터 일류의 것을 봐야 한다. 무엇이든.

　평소에 전혀 여자에게 무관심하고 인기가 없던 남자가 어느 날 너무도 별볼일 없는 여자에게 빠져 버리는 것은 여자를 보는 눈이 없기 때문이다.

　보는 눈이 없으면 없는 대로 살아가면 문제될 것이 없다. 그러나 어느 날 갑자기 생활 폭이 넓어지고, 시야가

높아지면 문제가 달라진다. 그때부터 자기 아내의 빈약함이 보이기 시작한다. 불행의 시작이다.

결혼생활에는 승용차를 타고 있는 듯한 안정과 편안함이 있는 것이 사실이다. 타고 있으면 방심하고 있어도 종점까지 데려다 준다는 점에서.

여자는 아내라는 자리에 대해서 지나치게 안심하는 것 같다. 그러나 안심이 긴 세월 동안 누적되면 허리 근처에 늘어붙는 지방처럼 부작용이 생길 수 있다.

여자는 여러 면에서 안일에 빠지지 말고 늘 긴장해야 한다. 남편은 언제나 나의 것이라는 안심감까지도.

부부라고 해도 마음은 둘이다.

남편이 겉으로는 다른 여자와 만나지 않는다고 해도 그 마음속에서는 만나고 있는지 모른다.

부부 사이는 단순히 남자와 여자의 관계가 아니다. 인간과 인간의 관계다.

부부란 '안정'이라는 물 위에 떠 있으면서 끊임없이 흔들리는 배와 같다.

향수香水 이야기

'밤에는 어떤 옷을 입습니까?'라는 기자의 질문에 마릴린 몬로가 '샤넬 넘버 화이브'라고 대답한 기사를 본 일이 있다. 그 후 필자도 무작정 샤넬 5번을 사용했다.

그런데 누구 한 사람도 '밤에는 무엇을 입습니까?' 하고 질문해 오는 사람이 없어서 제풀에 그만뒀다. 그리고 새로 고른 것은 샤넬 19번이었다.

실연당한 어느 날, 비가 내렸다. 우울한 마음에 백화점 향수 코너엘 갔다. 테스트로 손목 끝에 뿌린 샤넬 19번의 향기가 대단히 매력적이었다. 비의 냄새와 합쳐져서 독특했다.

안개비 냄새 같다고나 할까, 슬프다고 할까. 마치 나의 실연을 위로해 주는 듯 부드럽고 섹시한 향이었다. 그때부터 그것을 애용했다.

그러다가 다시 사용한 것은 디올의 쁘와종이었다. 남국의 향기 같은 꽤 매혹적인 향이었다. 중독성이 있어 지나치게 뿌리게 되는 것이 난점이긴 했다.

예전에 남자 친구한테 향수를 선물로 받은 적이 있다. 로샤스의 비쟌스라는 향이었다.

처음 그 냄새를 맡았을 때 기억 속에 선명하게 떠오르는 다른 냄새가 하나 있었다. 베이브라는 이름의 향수였다. 글자 그대로 달콤하고 요염한 뉘앙스를 풍기는 향기였다. 비쟌스보다 훨씬 싸구려 향기였지만 그때 나누고 있던 사랑에는 그런 향기가 잘 어울렸다. 물론 추억은 훨씬 고가였지만.

정신 상태가 안정되어 있을 때는 쓰는 향수도 안정이 되지만 그렇지 않을 때는 이것저것 혼란스럽게 사용하게 된다.

내가 향수를 좋아하는 탓인지 남자한테서도 향수 냄새가 나는 것을 좋아한다. 물론 내 취향에 맞는 향일 때 그렇다.

향수의 냄새도 좋지만 실은 남자의 땀냄새를 더 좋아한다. 목욕하지 않은 더러운 체취는 싫지만, 운동하고 난 뒤의 후끈후끈 김이 나는 땀냄새는 좋다. 어딘지 믿음직스럽다고나 할까, 안심감이라고 할까. 그것이 향수 냄새와 섞어서 독특한 냄새를 풍기면 더 좋다.

냄새가 없는 남자는 별로다. 남자의 냄새는 단순히 글자 그대로의 냄새라기보다는 그 사람의 뉘앙스다. 그래서 의미가 있다.

만남, 그리고 이별

길을 걷다 보면 길이 두 갈래로 갈라져 망설일 때가 있
다. 그럴 때면 왼쪽으로 갈까 오른쪽으로 갈까 하고 스스
로의 선택에 갈등하게 된다.

그때 왼쪽으로 갔기 때문에 괜찮은 사람을 만날 수 있
었다고 치자. 그리고 그 사람이 없는 지금의 나의 인생이
란 생각할 수 없다고까지.

그렇지만 오른쪽으로 가지 않았기 때문에 만나지 못한
사람도 분명 있었을 것이다. 그렇게 생각하면 갑자기 선
택에 자신이 없어진다.

그 만날 수 없었던 사람은 어떤 사람이었을까? 내게 어
떤 영향을 주었을까? 그 사람과 만나지 못했기 때문에
내가 잃어버린 것은 무엇이었을까? 상상과 의문이 거듭
일어난다.

데카르트식으로 생각하면 왼쪽으로 가지 않았기 때문
에 왼쪽 사람은 내게 있어서 존재하지 않는 것이 된다.
그리고 그렇게 믿는 것이 마음 편하다.

나는 많은 만남을 경험하면서 만나고 싶다고 생각한 사람은 반드시 만나게 된다는 생각을 갖게 되었다.

왜냐하면 나의 경우 어떤 사람이든 만남을 결코 소극적으로 대처하지 않았기 때문이다.

예를 들어 운명의 사람과 만났다고 치자. 그때 그냥 멍하게 있었으면 모르는 사이에 그냥 지나쳐 버렸을른지도 모른다. 아무리 운명적인 사람이라고 해도.

그러나 이런 사람을 만나고 싶다는 비전이 언제나 내 속에 있었기 때문에 역시 만나야 할 사람은 만나게 되었던 것이다. 그러니까 그것은 자기가 얼마나 강한 바람과 비전을 갖고 있는가에 달린 것이 아닌가 한다.

몇 년 전 한 남자를 만났다. 예정된 비행기보다 두 시간 늦은 비행기를 탐으로써. 만일 내가 예정대로 비행기를 탔다면 그 남자와의 만남이란 결코 없었을 것이다.

상대 역시 허겁지겁 마지막 남은 한 자리에 타지 않았다면. 그리고 그것이 나의 옆자리가 아니었던들 나의 지금은 아마 상당히 달라졌을지도 모른다.

그렇게 생각하면 모든 사람과의 만남이라는 것은 순간의 선택에 달려 있다. 바꾸어 말하면 우연은 필연이 되기도 한다는 얘기다.

지금 절실하게 느끼는 것은 새삼스럽게도 인생은 만남과 헤어짐의 반복이라는 사실이다.

헤어짐이 있으니까 지금의 이 만남이 반짝거리고, 이별을 예감하고 있기 때문에 이 만남을 소중하게 간직하고 싶은 것이다. 그것을 아는 것은 몇 번의 만남과 헤어짐을 경험한 뒤라야 한다.

인생의 여정에서는 거리에서든 어디에서든 만나야 할 사람은 반드시 만나게 되어 있다.

책이든, 음악이든, 영화든, 풍경이든, 역시 만남이라는 것은 반드시 같은 레벨에서 일어난다.

'어째서 애인을 만들지 않느냐?'는 질문에 '주위에 멋있는 사람이 없으니까'라고 대답하는 사람이 있다. 주위에 멋있는 사람이 없다는 것은 자기 자신이 그 정도이기 때문이다. 다시 말해서 모처럼 멋있는 남자와 만났다고 해도 자기가 멋이 있지 않으면 상대가 쳐다봐 주지 않기 때문이다. 또 자기가 상대의 멋스러움을 발견하지 못해도 그럴 수 있다.

우리들은 시종 여러 사람을 만나면서 살아가지만 모두 관계를 만들어 내는 것이 아니다. 그럴 수도 있고, 아닐 수도 있다. 사람뿐만 아니라 사물과도 마찬가지다.

슬픈 것은 여자와 남자의 만남에는 반드시 이별이 있다. 만나서 아무리 사랑한다고 해도 하다 못해 죽음이 두 사람을 갈라 놓을지도 모른다. 즉, 만남은 언제나 이별을 전재로 해서 이루어진다. 문제는 그 이별이 빨리 오느냐 늦게 오느냐 하는 것뿐이다.

사람이 나이가 들면 한 순간, 한 시간을 소중히 여기고 싶어진다. 만남도 가능한 한 자기 의지대로 하고 싶어진다.

만남이 있으면 헤어짐이 반드시 있다는 것은 인간이

태어나면 죽는다는 사실과 같다. 다만 만남에 미학이 있다면 이별할 때의 질에 따라 그 의미가 정해진다.

내가 비행기에서 만난 그 남자와의 이별은 엉망이었다. 서로가 첫눈에 끌리고 반하고 운명적인 만남이라고 생각했음에도 불구하고 심지어는 만났다는 사실조차 증오할 만큼.

그 일이 내게 가르쳐 준 교훈은 좋은 이별만이 그동안의 만남을 아름답게 채색해 준다는 사실이었다.

2

꺼지지 않는 불꽃, 여자

여자에게 있어서 사랑의 기쁨은
사랑 자체의 반짝임뿐만 아니라
은밀한 음모 속에도 있다.
자기를 사랑하는 사람이
그 사랑 때문에 괴로워하는 것을 보면서
잔인하게 희열을 느낀다.

남자를 낙원에서 끌어내리는 것도 여자요, 다시 낙원으로 인도
— E. 허버트

그리움

자다.

아름다워지고자 하는 것은 여자의 욕망이다

화장을 하는 것은 글을 쓰는 일과 아주 닮았다. 고치기 시작하면 끝이 없다.

102

화장을 하는 것은 글을 쓰는 일과 아주 닮았다. 고치기 시작하면 그야말로 끝이 없다. 어딘가에서 영단을 내리지 않으면 한 권의 책도 펴낼 수 없는 것과 마찬가지다.

구멍이 뚫릴 정도로 거울을 들여다보고 있으면 아이라인이 조금 비뚤어진 게 신경이 쓰인다. 그것을 고치고, 다시 그리고, 결국 다 지우게 된다. 그래서 화장도 원고를 마감하는 것처럼 어느 시간까지로 정해서 일단락지어야 한다.

이상하게도 화장하는 시간이 길면 길수록 그 결과가 타인이 볼 때는 형편없는 경우가 많다. 그러니까 초장에 듬뿍 재운 생선회보다 간장을 슬쩍 찍어 먹는 회가 제맛인 것과 같다.

화장에는 화려함이 있다. 여자를 인공적으로 보이는 마력이 있다. 누구나 맨얼굴에 아름다움이 있다는 걸 잘 알지만 화장이라는 작위물이 좋아질 때도 있다.

남성이 여성의 외모에 대해 흠을 보는 말은 여러 가지

가 있다.

　젊은 여성들의 화장은 그다지 시비하지 않으면서 아주 머니들이 하는 짙은 화장에는 말이 많다. 구역질난다, 술 맛 떨어진다, 페인트 칠했냐? 하는 식으로.

　짙은 화장은 곧 나쁘다는 방정식이 남성에 의해서 여자의 의식 속에 주입된다.

　그럴 때면 대부분의 여자들은 슬쩍 화장실에 가서 립스틱이 진한 건 아닌지, 화운데이션이 너무 두텁진 않은지 점검하게 된다.

　두터운 화장을 한 여성이라고 해서 모두 싫은 건 아니다. 사람에 따라서는 화운데이션은 물론 립스틱도 안 바르고, 세수한 다음에 무향료의 화장수만 바르고 만족하는 사람도 있다. 그러나 각자의 성격이나 취향에 따라서 그 선호하는 바가 다르다.

왜 짙은 화장을 하는 게 마이너스 이미지를 주는가?

화장을 진하게 하는 건 미에 대한 욕구가 그만큼 강하다는 의미다. 때문에 화장이 서툴어도 본인이 그것으로 만족하면 그만이다.

대체적으로 자의식과 자존심이 강한 사람이 화장을 진하게 한다. '조금은 낫다'라고 생각되는 얼굴이 되지 않으면 사람들 앞에 얼굴을 내밀 수가 없다.

'슈퍼에 가는 정도는 맨얼굴로 괜찮지 않니?'라든가 '자의식 과잉'이라는 소릴 들어도 전혀 신경을 쓰지 않는다. 본인이 기분좋게 외출할 수 있으면 그것으로 좋다. 여자는 자기 자신을 위해서 화장을 하니까.

할머니도 맨얼굴보다는 화장을 하는 것이 좋다.

'아주머니의 짙은 화장을 보면 기분이 나쁘다'는 사람이 있다. 잘못된 생각이다. 그렇다면 여자가 나이를 먹으면 예쁘게 보이는 것도 포기하라는 말인가?

"틀니에 새빨간 립스틱이 묻어 있는 걸 봐도 기분 나쁘지 않다는 거야?"

"흥! 아저씨들은 어떤데? 대머리에 개기름이 자르르 흐르고 코털이 나온 아저씨도 마찬가지로 징그럽잖아?"

"짙은 화장을 한 아주머니보다는 낫지."

"……"

정도껏 하는 화장이 좋다는 것은 말할 필요도 없다.

영화 《매디슨 카운티의 다리》

킨케이드는 프란체스카가 그냥 단순히 옆에 있어 주는 정
도의 행복이 아니라 그녀를 송두리째 영원히 사랑하기를
원했다.
그러나 그는 여자의 거절을 받아들였다. 그것이 그의 사랑
의 형태였다.

아내도, 친구도, 어떤 단체에도 소속되지 않은 남자. 완전하게 고독한 남자, 자기가 살고 있는 사회에 적응을 못하고 생활의 대부분을 여행으로 보내는 남자.

어느 곳을 가도 어떤 사람을 만나도 내면의 고독을 채울 수가 없는 남자, 킨케이드(크린트 이스트우드). 그가 아이오와 주 매디슨 카운티에 지붕이 있는 다리를 찍기 위해서 온다. 그리고 거기에서 프란체스카(메릴 스트리프)와 만난다.

프란체스카는 결혼 십오 년째의 단조로운 일상의 주부다.

서둘러 결론부터 말하면 영화 《매디슨 카운티의 다리》는 불륜의 사랑 얘기다. 4일 동안 프란체스카와 킨케이드가 벌이는.

킨케이드가 남편도 있고 아이들도 있는 프란체스카에게 끌리는 이유는 같은 종류의 고독을 품고 있어서다. 두 사람의 사랑은 거기서부터 출발한다.

킨케이드는 태어나서 처음으로 자신의 안식처는 프란체스카와 둘만이 있는, 이 세상에서 가장 작은 집단 속에 있다는 것을 안다.

길거리에서 흔히 만날 수 있는 고독한 남자와 가정이 있는 한 여자가 4일 동안 사랑에 빠진 이야기가 왜 이처럼 회자될까?

그것은 스토리나 극적 상황이 주는 드라마틱함이 아니라 남자와 여자의 인간적인 성실함에 기인한다.

관객들은 이 영화에서 성숙한 여성과 성숙한 남성의 진솔한 모습을 만난다.

그녀는 자기가 원하는 것은 무엇이든 손에 넣고야 마는 현대 서구의 젊은 여성들과는 대조적인 모습을 보여준다. 책임이라는 것을 아는 여인으로.

킨케이드는 떠나기 전날 프란체스카에게 자기와 함께 떠나 줄 것을 원하지만 그녀는 거절한다. 여자의 선택을 존경하고 받아들임으로써 52세에 처음으로 손에 넣을 수 있었던 안식처를 포기하는 킨케이드.

그가 만일 더 강하게 프란체스카를 끌어당겼더라면 그녀는 저항하지 않았을지도 모른다. 그녀도 훗날 그렇게 고백한다.

4일 간의 사랑이 끝난 뒤 두 사람은 서로의 생을 마칠 때까지 두번 다시 만나지 않는다. 잊혀지는 사랑이 아니었음에도 불구하고.

프란체스카는 남편과 아이들을 두고 위험한 사랑을 했

던 4일 간을 기억하며 평생을 살아간다. 그리고 그 남자
와 만나지 못하는 시간 속에서도 사랑을 더 깊게 키워 나
간다.

킨케이드가 원했던 것은 그녀가 옆에 있어 주는 행복
보다도 그녀를 송두리째 사랑하는 일이었다. 영원히, 그
리고 강하게. 그러나 여자의 선택을 받아들이는 것이 그
의 사랑이었다.

크린트 이스트우드가 해낸 킨케이드의 역할은 많은 남
자들이 잃어버린 채 살아가는 자유와 존재감을 극명하
게 보여준다.

자기 자신을 확실하게 갖고 있는 남자, 독립심이 있고
성실하고 고결한 남자, 그리고 야생의 바람 냄새처럼 인
간미를 느끼게 하는 남자, 킨케이드.

이 영화는 한 여자가 괴로워하면서도 결연하게 선택한
러브스토리를 보여줌으로써 많은 여성들의 뜨거운 박수
를 받는다. 그러나 감동을 받은 것은 오히려 남성들일지
도 모른다. 왜냐하면 진짜 남자의 모습을 킨케이드를 통
해 볼 수 있으니까.

고독하지만, 너무 괴롭지만, 여자의 선택을 받아들이
는 남자, 그런 것이 사랑이라는 것을 알고 있는 남자.

텁텁하고 진절머리나기 쉬운 불륜의 사랑 얘기를 이처
럼 아름답게 그릴 수 있었던 것은 작가와 감독, 배우들의
성숙함이었다.

영화 전면에 깔리는 재즈 음악도 깊은 인상을 준다.

강한 여자가 좋다

남자나 여자나 강해지려면 갖추어야 할 것들이 많다. 지식도, 살아가는 데 불편하지 않을 만큼 최소한의 돈도, 의지와 배짱도 있어야 한다.

이상하게 여자는 '약한 사람'으로 있을 때 훨씬 높게 평가받는 경우가 많다. 약한 것이 여성적이라고 해서 더 환영받는다.

또 배신·눈물·비겁함·타협…… 이런 것도 모두 같은 이유로 용서받는다.

반대로 강한 여자에게는 '여자가 너무 세면……', '여자는 어느 정도 남을 의지하는 구석이 있어야지.' 하고 비난한다.

여자가 '난 아무것도 못해요.', '어머, 돈이 아까워서 어떻게 써요? 부지런히 모아 둬야죠.' 라고 하면 남자들은 하하 웃으며 '맞아요! 여자는 그런 알뜰한 면이 있어야죠.' 하고 박수를 보낸다.

자기 약점을 극복해낸 강한 여자에게는 '자신 있는 것도 좋지만 여자가 너무……' 하며 비난한다. 잘못이다.

약한 것이 좋은 게 아니다. 약한 척하는 것은 더욱 더. 척하는 것은 가면을 한 겹 썼다는 이야기다. 절대로 환영

받을 수 없다. 또 환영받아서도 안된다. 그런 사회는 썩은 사회다. 잠시, 잠깐, 애교로 그러는 것은 용납되겠지만.

약한 척하며 살아가면 편하다는 인식은 배척되어야 한다. 실제로 약한 척하다 보면 정말 약해질 수도 있다.

세상은 억지로라도 강한 척하면서 살아야 투지도 생기고, 살맛이 난다. 또 사람의 심리는 묘해서 그렇게 살면 그렇게 이루어진다.

여자의 질투심은 사랑이다

전혀 질투하지 않는 여자도 슬프지만 필요 이상으로 상상력을 부풀리는 여자에게도 문제는 많다.

여자는 질투심이 많다.

명예라든가, 부라든가, 권력에 대한 질투심은 없지만 여자와 남자의 관계에 있어서의 질투심은 대체적으로 보통이 넘는다. 그렇다고 해서 그 질투심 때문에 굉장한 사건이 벌어지거나 하는 일은 없다.

여자의 질투심은 망상 때문에 생긴다.

사랑하는 사람이 전화를 한다는 약속을 해놓고 전화가 없을 때 처음에는 그냥 기다리다가 나중엔 무슨 일이 생겼나 하고 걱정을 한다. 그리고는 다른 여자와의 약속 때문에 자기에게 전화할 수 없는 것이라고 상상을 부풀린다.

또 식사를 하러 갈 경우, 사랑하는 사람이 분위기 좋은 레스토랑으로 안내하면 일순 누구와 왔었을까를 상상한다. 분명히 가까운 여자와 함께였을 거라는 식으로.

자신이 생각해도 치사하다고 느끼지만 스스로도 어쩌지 못한다.

누구나 사랑하게 되면 크든 작든 질투심을 체험하게

된다. 질투심이 없다고 얘기하는 사람은 신용하기 힘들다. 만일 그런 사람이 있다면 굉장한 선인이거나, 형편없이 둔한 사람일 것이다.

휴일, 신문만 들여다보고 앉아 있는 남편에게 여자가 따진다.

"신문하고 나하고 어느 쪽이 더 좋아요?"

늦게 들어온 남편의 와이셔츠에 묻은 화운데이션을 보고 '어떤 여자와……' 하고는 입에 거품을 물고 달려든다. 망상에서 생기는 일이다. 실제로 룸살롱에서 옆에 앉았던 아가씨의 그것일 수도 있지만.

여자들은 자기 남자에게 다른 여자들이 꽤 따른다고 생각하는 경우가 의외로 많다. 그러나 실제로는 그렇지 않다. 따라서 그것도 망상이다.

남자 입장에서는 별로 인기 없는 자기를 질투해 주는 여자가 귀여울 수도 있겠지만. 그래서 짐짓,

"어제 거래처 손님을 모시고 룸살롱에 갔다가 혼났네. 아가씨들이 거래

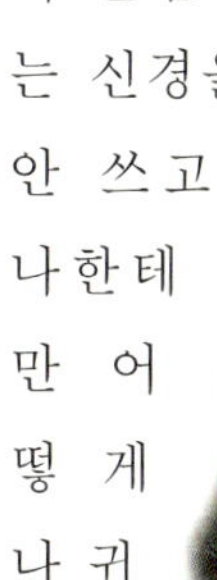

찮게 굴던지……."

라고 말한다.

그 남자 자신이 거래처 손님보다는 룸살롱 아가씨들의 비위를 맞추려고 애썼을 확률이 높지만.

많은 여자들은 자기 남자와 만나는 여성들이 모두 자기 남자에게 반해서 유혹할 것이라고 상상한다. 그래서 남자가 늦게 돌아오면 어디 갔다왔느냐, 어째서 늦었느냐를 따진다. 심지어는 주머니를 뒤지고, 모바일을 검색하고, 양복에 묻은 향수 냄새 때문에 한바탕 수라장을 벌인다. 모두 사랑하기 때문에 생기는 질투다.

전혀 질투하지 않는 여자도 슬프지만 필요 이상으로 상상력을 부풀리는 여자도 문제는 있다.

남자 후려잡기

'— 여자는 결혼 전에 울고, 남자는 결혼 뒤에 운다.'
'— 세상의 모든 것은 손에 넣은 뒤보다 쫓아다닐 때가 꽃이다.'

남자와 여자가 만나 결혼하기까지에는 두 개의 커다란 파도를 넘어야 한다. 하나는 상대로 하여금 나를 사랑하게 해야 하고, 둘은 그 결과로 결혼을 결심하게 해야 하는 파도다.

연애를 경험해 본 사람이면 알겠지만 처음의 파도는 의외로 간단히 넘을 수 있다. 그러나 상대가 이쪽을 일생의 파트너로 선택해서 결혼을 결의하게 하는 파도는 처음의 파도보다 열 배는 더 어렵다.

상대의 구애求愛는 기다린다고 해서 되는 것이 아니다. 상대에게 그런 마음이 생기게, 마치 꼭두각시를 조종하듯 먼저 작용해야 한다. 만일 그러하지 못하면 결혼해 달라고 먼저 매달려야 하는 비극(?)에 빠지게 된다. 아직도 한국 사회에서는 프로포즈는 남자가 먼저 하는 것이지 여자가 먼저 하는 것은 꼴불견으로 취급당한다.

남자라는 동물은 여자가 달아나면 반드시 쫓아간다. 쫓아가서 정복하고 나면 다시 새로운 여자와의 만남을 시도한다. 못돼먹은 본능이다.

여자는 자기한테서 달아나는 남자를 쫓지 않는다. 어차피 쫓아갈 수도 없다.

재론하느니 남자의 구애를 앉아서 기다리는 것은 현명하지 못하다. 상대에게 주도권을 주면 운명까지 좌우당하는 결과에 부딪칠 수도 있다.

그렇다고 아무리 기다려도 프로포즈해 주지 않는 남자에게 '도대체 우리 결혼할 거야, 안할 거야?' 하고 직설적으로 묻는 건 역효과만 준다. 그때는 다가설 것이 아니라 적당히 물러서야 한다.

그러다가 '왜 결혼을 서두르지 않는 거야?' 하고 남자가 채근하면 '나도 여러 가지 생각 좀 해 봐야겠어.' 하고 야릇한 뉘앙스를 풍기면서 한 열흘 정도 연락을 끊어 보라. 그러면 남자는 '혹시 이 여자가 달리 좋아하는 남자가 있나?' 하고 불안해할 것이다. 자기가 좋아하는 여자를 다른 남자에게 빼앗기는 것을 싫어하는 건 남자의 본능이니까. 그리되면 그때는 남자가 먼저 결혼하자고 바짝 다가설 것이다.

'여자는 결혼 전에 울고, 남자는 결혼 뒤에 운다.'는 서양 속담이 있다.

세익스피어는 《베니스의 상인》에서 '세상에 있는 모든 것은 손에 넣은 뒤보다 쫓아다닐 때가 꽃이다.' 라고 했다. 또 《한여름 밤의 꿈》에서는 '모든 것은 때가 올 때까지 익혀 두라.' 고 했다.

남자는 때로 간교하다

'내쪽에서 전화할게!' 라는 말은 '안녕' 이라는 말보다 훨씬
잔인하다. 왜냐하면 일어나지 않을 일에 기대를 갖게 하기
때문에.

남자가 여자에게 '내가 전화를 할 테니까' 라고 한다면
그 한마디에도 드라마가 있다. 거짓이 있고, 진실이 있
고, 마지막에는 누군가가 입을 상처마저 엿보인다.

남녀의 관계에서 최후까지 사랑한다고 말하지 않는 남
자의 간교함 때문에 여자가 겪어야 하는 마음의 고통은
대단하다.

정열적이던 남자가 '내 쪽에서 전화할 테니까' 라고 했
다면 그것은 '너하고는 끝났다.' 는 의미다. 그러니까 먼
저 전화하지 말아 달라는 얘기다. 결국 그 남자한테서는
다시 전화가 걸려오지 않는다.

내쪽에서 전화하겠다는 말은 '안녕' 이라는 말보다 훨
씬 잔인하다. 왜냐면 일어나지 않을 일에 대해서 기대를
갖게 하기 때문에.

남자들은 그 말을 참으로 여러 가지 뉘앙스로 쓴다. 그
중에 이것으로 끝내자는 의미가 가장 강하다.

정열적인 정사를 나눈 뒤 한숨을 쉬며 그런 얘기를 했

다면 너와는 두번 다시 만날 이유가 없다는 얘기다.

그만 만나자라든가, 이제 끝이라든가 하는 표현을 직접 확실하게 하지 않고 그런 식으로 두리뭉실하게 얘기한다. 그것이 남자의 간교함이다.

그러나 '내일 여섯시에 전화할게' 하는 것은 전혀 다르다. 그럴 경우에는 여섯시에 전화를 한다.

'내 쪽에서 전화를 할 테니까' 하는 말에는 몇 시라는 알맹이가 없다. 그것을 알아차리고 '몇 시에 전화할 거야?' 라고 묻는 여자도 있지만 대개의 여자들은 더 이상 묻지 않는다. 그 말의 뉘앙스 속에서 '몇 시에?' 라고 물을 수 없는 무엇인가를 느끼기 때문이다. 자존심이 강한 여자라면 대번에 알아차린다.

'몇 시에 전화할 건데?' 하고 물으면 아마 대개의 남자들은 '다음주쯤에' 하는 식으로 대답할 것이다.

다시 만날 마음이 없으니까 내일 여섯시라는 얘기를 하지 않는다. 절대로. 그렇다고 1개월 뒤에라고도 하지 않는다.

차라리 전화를 않겠다든가, 넌 내 취향의 여자가 아니라든가, 확실하게 얘기하면 여자 쪽에서도 가슴이야 아프지만 정리를 할 수 있다. 그런데도 마음에는 없으면서 있는 척해서 괜한 기대를 갖게 하는 남자의 잔인함이야말로 도무지 이해할 수가 없다.

남자들은 말한다. 상대에 대한 배려 때문이라고. 직접적으로 말하면 상대가 상처받을 것 같아서라고.

하늘의 별처럼 많은 남자들이 있고, 그 남자들의 수만큼 거짓과 진실의 스토리가 존재한다. 그리고 남자의 간교함과 거짓이 있는 한 그것은 러브스토리라는 이름으로 미화되어 존재할 것이다. 사랑을 화학분해하면 착각과 오해, 갈등과 증오, 기대와 배신, 그런 것들로 되어 있으니까.

여자의 확실한 무기

남자가 다른 여자에게 마음을 빼앗겨 돌아오지 않을 때는
스스로 위안하라. '아름다움은 반드시 소멸하는 것, 그것은
진리니까, 진리는 무기니까.' 라고.

세상에는 미남 미녀 커플도 많지만 외형적으로 밸런스
가 맞지 않는 커플도 적지 않다.

놀랄 만큼 잘 생긴 남자의 여자가 전혀 아름답지 않은
경우도 그렇다. 그런 광경을 옆에서 보는 여자들은 이를
간다.

"어떻게 저런 정도의 여자가 저렇게 괜찮은 남자의 아
내가 될 수 있었지?"

마음 한 구석에서 선망의 질투가 꿈틀댄다는 증거다.

'저 정도로 괜찮은 남자가 저런 여자를 아내로 맞이한
것을 보면 역시 여자란 얼굴이 아니야. 여자의 본질을 알
아주는 남자가 따로 있기는 있어. 나도 희망이 있네.'

틀림없이 그렇다.

연인을 두고도 순간적으로 아름답고 화려한 여자에게
마음을 빼앗긴 남자의 탄식을 들어보자.

"나도 예쁜 여자에게 눈이 가서 내 여자를 울린 일이
있었지. 그러나 꽃도 단풍도 언젠가는 지더라구! 내 여자

는 소나무 같은 여자야.
소나무는 지지도 않고,
색이 바래지도 않잖아.
꽃이나 단풍이 지는 걸
보고나니 역시 우리 집
사람의 변함없는 애정
과 정성이 제일이야.”

　남자란 참으로 제멋대로다. 실컷 꽃 구경, 단풍 구경을 하고 나서는 시치미를 떼고 늘푸른 소나무가 좋다고 야단이다.

　그러나 소나무 여자라 해도 남자에게 해서는 안 되는 말이 있다. 예를 들어 ‘꽃도 단풍도 반드시 진다구요. 그걸 보고나면 분명히 나의 진가를 알 거예요. 그러니까 지금 알아서 하시라구요.’와 같은 말이다.

　그런 얘기를 여자 쪽에서 먼저 해버리면 웬지 얄밉고 빈틈이 없어 보여 남자는 견디질 못한다.

　만약 남자가 다른 여자에게 마음을 빼앗겨 돌아오지 않을 때는 스스로 위안하라.

　‘꽃은 반드시 지는 것. 아름다움은 반드시 소멸하는 것. 나는 수수한 소나무. 지지 않는 자체만으로도 이겼어. 그것은 진리고, 진리는 무기니까.’

　적어도 이런 배짱이 없으면 남자란 동물과 더불어 살아가기가 피곤하다.

오기가 필요할 때도 있다

이별할 때야말로 마음 속의 울화를 숨기고 냉정한 오기로
매듭을 지어야 한다.

120

이별할 때 여자의 센스가 필요하다. 가능하면 깨끗한
이별을 하고 싶지만 그것이 그렇게 쉽지 않다. 깨끗은커
녕 죽을 쑤는 게 보통이다. 죽느니 사느니 울부짖으며 칼
들고 달려들어 만신창이가 되고 나면 그때서야 마음이
텅 비어진다. 완전 연소 후에 사그라지는 모닥불처럼.

눈물과 소리 지르는 마음을 가라앉히고 냉정하게 돌아
서는 것이 지성인의 이별이다.

깨끗한 이별은 '쫓아가지 않는 것', '매달리지 않는
것', '울부짖지 않는 것' 이다.

어차피 맞아야 할 이별이라면 마음 속의 울화를 숨기
고 냉정한 오기로 매듭을 지어야 한다.

한번 변심한 남자는 절대 돌아오지 않는다.

그런 남자에게 칼을 휘두르는 것은 자신만 점점 못된
여자로 되어 갈 뿐이다. 딴 쪽을 보고 있구나 느껴지면
한번쯤 대화를 해 보고, 그래도 안 되면 매일 밤을 울고
지내는 한이 있더라도 절대 쫓아가서는 안 된다. 전화를

걸거나 편지를 써서도 안 된다.

흔히 헤어진 남자에 대해 악담을 하는 여자가 많은데 그것도 스스로의 가치를 떨어뜨릴 뿐이다.

'나는 좋아했는데 저쪽이 내가 맘에 안 들었나 봐. 괜찮은 남자였는데 아깝다.' 하고 웃어버리는 편이 훨씬 성숙한 자세다. 물론 말처럼 쉬운 일은 아니다. 오기가 있어야 한다.

'이별' 다음에는 반드시 내일이 기다리고 있다. 자유롭게 쓸 수 있는 시간도 많아지고. 새롭게 더 좋은 사람을 만날 수 있는 기회도 주어진다. 그러하니 잊는 것이 현명한 처사다.

이처럼 깨끗한 오기를 부리는 것이 괴롭기는 하지만 시도해 볼 만한 가치는 있다. 일생에서 한두 번쯤은.

사랑이 시간을 초월할 때

열세 살 연상인 여자의 '일힘'을 사랑하고, '외곬'을 사랑하는 남자, 이 남자의, '나의 유일한 여자'라는 판단에 누가, 무슨 말을 하려는가!

122

1996년 타계한 《연인》의 원작자 마르그리트 뒤라스는 그녀의 나이 65세 때 연하의 남자 얀 안드레아와 사랑을 했다. 안드레아는 마흔이나 연하였다.

작가 지망생이자 철학을 전공했던 안드레아가 어느 날 뒤라스를 본 순간 숙명적 사랑을 느낀다.

뒤라스는 알콜중독으로 입원과 퇴원을 반복하고, 5개월 이상 의식을 회복하지 못하기도 한다. 그러한 그녀 곁에서 안드레아는 한순간, 한 치도 떨어지지 않고 전력을 다해 간병한다. 존경과 헌신으로.

그의 진심을 알고난 뒤라스는 스스로에게 '내가 죽을 때까지 사랑할 남자'라고 다짐한다. 그러나 이별을 예감한 그녀는 남자의 품안에서 운다. 남자도 같이 운다. 그들에겐 목놓아 마음껏 울 수 있는 것도 행복이었다.

얼마 전, 필자가 잘 아는 마흔여덟살 처녀가 결혼을 했다. 초혼이었다. 남편이 된 사람은 방송국의 PD로, 열세 살 연하였다. 대학 때 축구선수였던 그는 핸섬했다.

"그 여자 어디가 좋습니까?"

하고 묻자 그는 커다란 몸을 움츠리며 부끄러운 듯 대답했다.

"열심히 일하고, 외곬인 점이……."

결혼식장에는 가까운 친척 몇 사람만 모였다. 따뜻한 분위기의 파티였다. 훌륭한 결혼식이었다. 그런데 한쪽 구석에서 참석했던 남자들이 큰 소리로 떠들어댔다.

"야! 놀랐다. 하필이면 50이 다 된 여자야?"

"만일 내가 부모라면 반대 정도가 아니라 아예 입원했겠다. 정말 대단하네. 대단해!"

그들의 비양기와 잘난 척이 섞인 찬사가 구토가 나게 했다. 그러나 신랑 신부는 그런 데는 전혀 신경을 쓰지 않는 듯 즐겁게 웃고 있었다. 참으로 행복해 보였다.

남자들의 의식은 놀랄 만큼 고루하다.

유머 센스도 없다.

여자가 연하의 남자와 사랑을 하고 결혼하는 것이 그렇게 놀라운 일인가? 법에 위반되기라도 하는가?

그날의 신랑은 열세 살 연상 여자의 '일힘'을 사랑하고, '외곬'을 사랑하고, '모든 것'을 사랑한다고 했다.

연하의 남자와의 사랑은 연령 차이가 있으면 있을수록 어렵다. 생각보다 몇 백 배, 몇 천 배. 때문에 남자의 열렬한 사랑이 없으면 결혼까지는 도달할 수 없다. 아니 연애도 어렵다. 이것이 대한민국의 현실이다.

자기 주장은 가치 있는 고집이다

자기 주장은 그 사람만이 갖는 개성의 어필이다. 그러나 상대의 입장을 생각하지 않고 무조건 자신만을 내세우는 건 오만이다.

'자기 주장이 강한 여자'라는 소리를 가끔 듣는 여자가 있다. 그 속에는 어느 정도의 비난이 포함되어 있다는 것을 그 여자는 알고 있다.

그 여자가 그런 얘기를 듣는 이유 중의 하나는 '예'와 '아니오'를 확실히 하기 때문이다. 상대방이 뭐라고 물어 왔을 때 '그럴까?' 하는 식의 대답을 하는 일이 없다.

그 여자는 자기가 하고 싶지 않은 일은 안 한다. 먹고 싶지 않은 음식도 안 먹는다. 만나고 싶지 않은 사람 역시 안 만난다.

그 여자도 젊었을 때는 그렇지 않았다.

싫은 사람과 식사도 하고, 술도 마시고, 나가기 싫은 모임에도 나갔다.

하고 싶지 않은 것을 하지 않게 된 것은 최근부터다. 그러니까 세월의 겹을 두껍게 쌓고, 세상 물정을 깨우치면서 자신을 이긴 것이다.

자기 주장도, 강함도 모두 연륜이 만들어 준다.

자기 주장이 강하다고 해서 절대로 나쁜 게 아니다.

그건 그 사람이 살아가는 방법에 밀접하게 관계하는 것이다. 즉 삶을 자기 방식대로 풀어가는 것이 자기 주장이다.

그런데 사람들은 자기 주장의 참뜻을 오해하고 있다.

자기 주장을 못하는 사람은 자신과 자신의 장래에 대해서 말하지 못한다. 물론 꿈에 대해서도……

꿈이 없는 인간이 어떻게 꿈을 이룰 수 있는가?

인간의 존재 가치는 자기 주장에 따라 평가된다.

먹고 싶을 때 무엇을 먹고 싶은지 확실하게 대답하고, 아프면 아프다고 얘기해야 한다.

자기 주장은 그 사람만이 갖는 개성의 어필이다.

문제는 상대방을 적으로 몰아세우고 억지로 자기 의사를 주장하는 것이 문제다. 그건 잘못이다.

상대방의 입장을 생각하지 않고 말하고 싶은 대로 다 말하는 것을 자기 주장이라고 생각하는 사람, 그것은 잘못된 생각에서 나오는 오만이다.

자기 주장을 할 수 있는 사람은 의식이 반짝거린다. 빛난다. 그것이 곧 그 사람의 개성이기 때문에.

아무리 잘난 사람이라고 해도 자기 주장이 없는 사람은 매력이 없다. 아니, 자기 주장이 없는 사람은 잘난 게 아니다.

여자는 잔인하다

남자는 상대에게 고통을 줬다고 생각하며 괴로워하고, 여자는 상대에게 충분히 고통을 주지 못했다는 것으로 괴로워한다.

　　남녀의 사랑을 역사에서 살펴보면 여자는 대체적으로 사랑을 받는 쪽이었다.

　　여자가 사랑하는 것은 본질적으로는 언제나 자기 자신 하나다.

　　여자는 남자로부터의 사랑을 통해 자신을 사랑한다.

　　여자는 언제나 사랑을 확인하지 않고는 견딜 수 없다. 사랑을 얻기 위해서 일부러 싫은 표정을 짓거나 샐쭉해 보이기도 한다. 귀찮은 표정을 짓거나 무관심한 척도 한다. 좋으면서 밀쳐내기도 한다. 그렇게 실컷 남자를 괴롭힌 뒤 비로소 안심한다. 아무 일도 없었던 것처럼 부드러움을 되찾는다. 그리고 천진스럽게 군다.

　　남자는 여자의 그 간교함(?)에 휘말려 절망하기도 하고 기뻐하기도 한다. 여자란 알다가도 모르겠다고 고개를 갸웃거린다.

　　여자에게 있어서 사랑의 기쁨은 사랑 자체의 반짝임뿐만 아니라 은밀한 음모 속에도 있다. 자기를 사랑하는 사람이 그 사랑 때문에 괴로워하는 것을 보면서 잔인하게 희열을 느낀다. 그것은 상대를 사랑하거나, 사랑하지 않음에 상관없다.

여자의 잔인함은 '자기애'와의 관계가 깊다. 질투라든가, 허영이라고 하는 격함도 자기애에서 나온다.

여자는 사랑을 가장 중요한 것으로 생각한다.

그리고 사랑을 욕망과 따로 나누지 않는다. 때문에 그것을 따로 나눠서 생각하는 남자에게 언제나 불만을 품고 있다.

여자는 언제나 진지하다.

여자는 거짓말쟁이다.

사람들은 남자의 거짓말은 탄로나지만 여자의 거짓말은 탄로나지 않는다고 말한다.

여자는 거짓말을 하는 것이나 잔인하게 구는 것을 필사적으로 한다. 언제나 진지하기 때문에.

여자의 잔혹함에는 종류가 없다. 자신의 사랑을 위해서는 남자가 파멸되어 가는 것도 보고 싶어한다.

남자에게 여자가 신비하게 보이는 요소 중의 하나는 여자 속에 있는 잔인성 때문인지 모른다.

여자의 심술만큼 남자에게 있어서 불가해한 것은 없다. 그래서 여자를 매력적이다, 신비하다고 오해한다.

여자가 잔인한 것은 꼭 증오·분노·질투……. 그런 감정을 가질 때만이 아니다.

여자는 사랑에도 잔인함을 갖고 있다. 의식하든, 안 하든 따뜻함과 친절, 그런 것들과 함께.

남자가 잔인해지기 위해서는 분노와 증오의 힘을 빌려야 한다. 그러나 여자의 그것은 웃음과 함께 바로 거기에 있다.

여자의 잔인함에 대해서 니체는,

"여자와 남자가 싸운 뒤에 남자는 상대에게 고통을 줬다고 생각하며 괴로워하고, 여자는 상대에게 고통을 충분히 주지 못했다는 것으로 괴로워한다."

라고 했다.

여자는 숨겨진 정신이 반짝일 때 선택된다

남자의 눈물은 심장에서 흐른다.
여자는 그 눈물의 진정한 목격자일 때 사랑받는다.

여자의 얼굴은 그 여자의 인생 역사를 말하지 않는다.

여자의 얼굴은 그 여자의 감수성이다. 교양이고, 개성이다.

화장은 모든 여성이 할 수 있는 유망한 표현 방법이다. 때문에 화장을 끝내는 느낌은 마치 예술가가 마지막 마무리를 하고 작품에서 손을 뗄 때의 느낌과 같다. 그래서 화장을 끝내면서 다시 한번 최후로 거울 속의 자신을 확인한다.

살아온 세월 동안 그 사람의 얼굴에 새겨진 역사의 흔적, 그런 얼굴을 남자에게서 본다.

승리와 패배, 좌절과 기쁨, 때로는 야심과 정열, 또는 고독……. 남자의 얼굴은 그런 것을 말해 준다. 남자의 얼굴이 아름답다고 생각될 때는 그런 얼굴과 만났을 때다.

남자가 아름다운 것은 얼굴에 역사의 흔적을 만들기 때문이다.

여자의 얼굴에는 역사의 흔적이 없다. 여자들의 고운

세포가 그 흔적을 삼켜 버리기 때문이다.

아무리 울고, 웃고, 상처입고, 화낸다고 해도 그 눈물이 마르면 그뿐, 예전 같은 얼굴로 되돌아온다.

남자의 눈물은 뺨을 적시지 않는다. 남자의 눈물은 심장에서 흐른다. 흐른 눈물은 깊은 계곡을 이룬다. 세월이 그것을 덮어버리기야 하지만 어떤 흔적은 남는다.

길을 걷다 보면 만나는 여성들이 모두 예쁘다. 놀라울 정도로. 아름다움을 위해서 노력을 아끼지 않는다는 얘기다. 시간과 경제력이 있다는 얘기도 된다. 또 온갖 정보가 여성들을 아름답게 만드는 데 도움을 준다.

여성 잡지에서 여성들이 남자의 마음을 매료시킬 수 있는 방법에 대해서 소개해 놓은 것을 가끔 본다.

데이트할 때의 몸차림, 대화의 매너, 식사의 매너, 매력적인 화장법, 날씬하게 보이는 코디법 등.

그러나 얼굴과 몸의 아름다움 외에 다른 방법에 대해서 설명한 것은 없다.

그러면 남자들의 마음을 끄는 것이 중요한가?

여자에게 중요한 것은 많은 남자가 아니라 자기가 좋아하는 단 한 사람으로부터 받는 사랑의 양이다.

별볼일 없는 남자들로부터 많은 사랑을 받는다 해도 그것은 아무짝에도 쓸모없다. 명예나 훈장도 될 수 없다. 특별한 단 한 사람, 내가 좋아해서 선택한 한 남자에게 사랑을 받는 것이 행복이고, 기쁨이다.

　남자에게 사랑받는 것은 호스테스가 팁을 받는 것과는
다르다.
　남자에게 사랑받는 건 선택받는 것이다.
　화장해서 예뻐 보이고, 치장해서 아름다우니까 받는
것이 아니다. 나이보다 젊다고 해서 받는 것도 아니다.
　화장과 치장 속에 숨겨진 정신이 반짝일 때 선택되어
진다. 남자 얼굴의 흔적, 골 깊은 곳에서 흐르는 눈물, 정
신의 역사가 새겨지는 것을 지켜봐 주는 유일한 목격자
로서.

멋지게 헤어지는 법

여자와 남자의 관계는 도박과 같다.
한 치 앞을 모름에도 불구하고 카드에 돈 걸기를 계속한다.

132

누구에게든 헤어진다는 것은 괴로운 일이다. 사랑했던 시간이 길면 길수록, 주고 받은 정의 밀도가 높으면 높을수록. 헤어지자고 말한 쪽도, 들은 쪽도 같이 괴롭다.

그러나 헤어질 때 어떤 태도를 취하는가에 따라 그 사람의 인간적 성숙도를 알 수 있다.

배신당했다, 속았다, 하고 펄쩍펄쩍 날뛰며 복수극을 벌이거나 죽여 버리겠다고 발광하는 사람들을 가끔 본다.

관계가 끝이 났다면 그것은 사실로 받아들일 수밖에 없다. 괴롭고, 약오르고, 외롭고, 그래서 몇 날 며칠을 울고불고 해본들 끝난 것은 끝난 것이다. 칼 들고 찾아간들, 그래서 수라장을 만든들, 떠나 버린 사람은 돌아오지 않는다.

여자와 남자의 관계는 도박과 같다. 한 치 앞을 모름에도 불구하고 카드에 돈 걸기를 계속하는 것처럼. 한쪽이 먼저 전재산의 돈을 잃고 패배 선언을 할 때까지 그 도박은 계속된다. 어쩌면 동시에 패배 선언을 하게 될지도 모르면서, 어리석게도 영원히 내기를 계속할는지 모른다. 어느 쪽이든 앞일은 모른다. 누구도 알 수 없다.

때문에 이별이 예상 외로 빨리 찾아온다 해도 의젓한 태도를 취하는 것이 좋다. 괴롭고 절망적인 면을 그대로 표현하게 되면 오히려 자신만 초라하게 보인다.

괴로우면 괴로울수록 멋진 이별을 연출해야 한다.

'당신하고 헤어지고 싶어!' 라는 얘기를 듣고 매달리고 몸부림치며 밤새 우는 여자보다는 '어머, 그래요? 그렇게 하세요!' 라고 할 수 있는 여자, 그리고는 냉정하게 '안녕!' 이라고 말할 수 있는 여자가 더 상대방의 가슴에 남는다.

우는 건 혼자 있을 때 실컷 울면 된다. 상대방에게 보일 필요 없이.

멋스런 여자는 이별할 때 폼잡고, 거들먹거리고, 강한 체할 수 있는 사람이다. 그런 여자들에게도 상처 입기 쉬운 풍부한 감수성이 있다. 그러나 어쩌랴! 찾아온 이별을.

멋스런 여자와 남자는 자신의 섬세함을 숨기고 상대가 보다 더 아름답게 있어 줬으면 하고 바란다. 그 어리석은 겉치레가 없다면 에로티시즘도 없어진다.

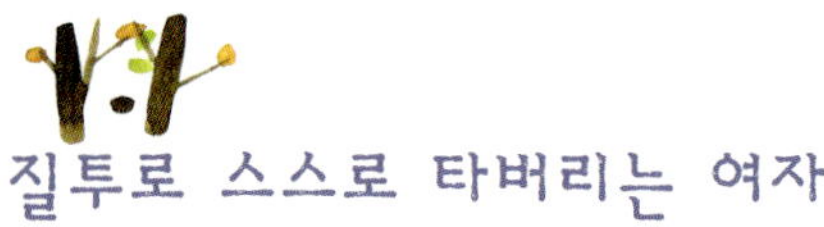

질투로 스스로 타버리는 여자

질투는 참으로 무가치하고, 망상이 빚어내는 불필요한 감정이다. 따라서 질투에 찬 여자만큼 꼴불견이고 추한 모습은 없다.

단언하건대, 이 세상에 일생에 단 한 번도 바람을 피우지 않는 남자란 없다. 만일 있다면 그 사람은 본인의 의지라기보다는 찬스가 없었거나 아니면 지독히도 운이 없는 사람이다.

'남자의 바람기' 하면 금방 떠올려지는 것은 여자의 질투다.

질투에 찬 여자만큼 꼴불견이고 추한 모습은 없다. 초라해 보이다 못해 불쌍한 느낌마저 든다.

질투란 혼자 하는 씨름이다.

남자가 정말 바람을 피우고 있다면 싸우기 전에 이미 남자가 이긴 것이다. 반대로 바람을 피우지 않았다면 남자가 싸울 의지를 버린다. 질투에 차 있는 여자를 비웃으면서.

질투한 사람은 자기 가슴에 타는 질투의 불꽃을 싸움에 의해 잠재우는 것이 아니라 혼자서 소리 지르고 울어서 해소한다. 그리고 결국 싸워야 할 상대는 남자가 아니라 자기 가슴의 불꽃임을 알게 된다. 그러니까 가슴의 불꽃으로 상대방을 타 죽게 하는 것이 아니라 자기 자신이 먼저 타죽는다.

여자는 왜 그렇게 질투에 몸을 태우는가?

남자는 여자에 비해 바쁘다. 시간적 여유가 별로 없다. 자기 여자가 좀 의심쩍다고 생각이 드는 경우에도 회사를 쉴 수도 없고, 이것저것 생각해 볼 틈도 없다. 경제적인 문제, 처리해야 할 문제가 많아 정신이 없다.

거기에 비하면 여자는 시간적 여유가 있다. 물론 여자도 밥, 빨래, 청소, 시장보기 등에 바쁘지만 몸이 바쁜 것에 비해 머리는 한가하다. 남자의 바람기가 의심쩍다고 여겨지면 일손을 멈추고 종일토록 마음이 내키는 데까지 망상을 하고, 그것을 부풀린다.

그런 의미에서 여자가 부엌에서 사회로 나가면 조금은 질투에서 해방될 수 있다.

여자는 남자에게 의존해서 살아가고, 남자에 의해 부양받는다. 지금까지 대한민국의 여자들은 가정이라는 테두리 안에서 남편에 의해 부양되어지며 살아왔다. 그러니까 여자에게 있어 결혼은 살아가는 수단이었다.

세상이 몇 바퀴인지 모르게 변해 가고 있는 지금도 그런 의식을 갖고 있는 여자들이 의외로 많다. 그들은 '만일 부양해 줄 남자가 없어진다면 난 어떻게 되는가?' 하는 식의 걱정을 한다.

여자의 질투를 깊이 분석해 보면 의외로 생활의 불안을 근거로 하는 비율이 높다. 따라서 여자가 생활력을 가지면 그 질투의 모습도 바뀌지 않을까?

질투란 참으로 무가치하고, 망상이 빚어내는 불필요한 감정이다.

좋은 관계란 균형이다

여자가 남자에게 의지하더라도 마음이나 정신까지 완벽하게 의지하는 것은 안된다.

흔히 부부는 일심동체라고 하지만 반드시 그런 건 아니다. 함께 살기는 해도 어떤 의미에서는 완전히 타인이라는 것을, 죽을 때는 각자라는 것을 알아야 한다.

남자에게 전적으로 달라붙는 여자는 정신적, 경제적으로 자립이 되어 있지 않은 경우가 많다.

여자도 기본적으로 숙식할 집, 살아가기 위해 필요한 최저의 식료품, 계절에 맞추어 입을 옷 정도는 자신이 해결해야 한다.

또 아무리 경제적으로 자립해 있다 한들 정신이 홀로 서기가 되어 있지 않으면 안된다. 자신의 세계를 갖고 있어야 한다. 혼자서라도 몇 시간이고 지루하지 않게 지낼 수 있는 자기 관리 능력도 있어야 한다. 책을 읽고, 혼자서 여행을 하는 것도 괜찮다.

중요한 것은 사람들과의 사이에서 좋은 관계를 맺는

것이다. 단순히 남의 비위를 맞추고, 기분을 맞추고, 애
기를 걸어 주고, 재미있는 애기를 해서 웃겨 주는 것만
가지고는 안된다.

　사람들과의 관계에서 일방통행은 없다. 주거니받거니
다. 주거니받거니 하는 관계가 어느 한쪽으로 치우치게
되면 이상적인 관계가 아니다. 그 관계는 얼마 안 가서
허물어지고 만다.

좋은 관계란 균형
이 잡힌 관계고, 좋
은 관계가 이별을
물리친다.

섹시한 여자의 조건

서로에게 반해 있으면 상대가 섹시하게 느껴진다.
반대로 섹시하기 때문에 반한다는 이야기도 성립된다.

여자가 섹시해지려면 우선 어느 정도의 지성이 불가피하다. 그리고 너무 넘치게 교태를 부리지 않아야 되고, 거기에 타인의 슬픔과 아픔을 받아들이는 능력이 있어야 한다. 말하자면 마음이 따뜻해야 한다.

외관보다 내면이 우선이다. 아무리 외모가 섹시해 보일지라도 내면이 뒷받침해 주지 않으면 반드시 어느 구석엔가에서 섹시함은 파탄이 나고 만다.

외견의 섹시함은 사람마다 취향이 다르다.

어떤 이는 가슴이 풍만한 여자가 좋다고 한다. 거꾸로 오드리 헵번처럼 전혀 가슴이 없는 여자가 섹시하다는 사람도 있다.

내면에 아름다움이 배인 얼굴과 지적인 품위, 자연스런 동작과 대화 모습, 그리고 센스 있는 복장을 하고 있으면 그것으로 대충 섹시한 여자의 조건이 된다.

하나 더, 목소리도 중요하다. 아무리 소프라노의 귀여운 목소리라고 해도 무조건 섹시함을 느끼게 되진 않는다. 그런 목소리는 오히려 어린애 같아 보일 수 있다.

성숙한 여인의 섹시한 목소리는 우선 낮은 허스키가 좋다. 편견과 독단으로 얘기한다면 서양의 여배우, 로렌 파콜의 얼굴과 목소리가 섹시하다. 그리고 한국에서는 단연 가수 임희숙이 섹시함을 갖춘 괜찮은 여자라고 꼽을 수 있다.

반대로 섹시함을 못 느끼는 여자는 모피옷을 입으면 왠지 고급 창녀같이 보이는 여자, 5분을 같이 있으면 지루해지는 여자, 나이에 상관없이 큰소리로 떠드는 여자, 경박한 말을 쓰는 여자, 보석을 있는 대로 다 달고 다니는 여자, 낮부터 노래방에 가는 여자 등이다.

남자들도 로렌 파콜이나 임희숙에게 섹시함을 느끼는지 어떤지는 모르겠다. 그러나 남자가 그 여자들의 성숙한 멋을 모른다면 그 남자는 매력이 없다. 그 남자 자체가 섹시하지 못하다는 이야기다.

남자가 있기 때문에 여자의 섹시함이 있고, 여자가 있기 때문에 남자의 섹시함이 있는 것이다. 때문에 여자가 여자의 섹시함을 얘기한다는 것은 별 의미가 없다.

섹시함이란 남녀가 서로 반해 있으면 상대에게서 느껴지는 그 느낌이다.

이별의 쓸쓸한 그림자

헤어지고 싶다는 남자를 산뜻하게 잊어줄 수 있는 것은 더
이상 사랑이 없다는 이야기다.

사랑하는 남자가 갑자기 헤어지자는 얘기를 꺼낸다.
여자는 납득이 가지 않는다. 가슴속은 충격과 슬픔으로
범벅이 되지만 애써 숨기면서 묻는다.

"왜 내가 싫어졌지?"

남자는 여자의 말을 막으려는 듯 빠른 타이밍으로 대
답한다.

"그게 아냐. 내가 자신이 없어졌어. 순전히 내 문제야."

빠르고, 필요 이상으로 강한 그의 말투 때문에 부정이
긍정으로 바뀌어 들린다.

"무슨 뜻이야? 자신이 없다니……?"

여자는 몸 속의 피가 멈추는 것 같은 느낌을 받는다.

"해야 할 일이 있어. 일이나 열심히 하려고 해……."

여자는 더 이상 할말을 잃는다.

전 같았으면 '일이 나보다 중요해?', '사랑하면서도
일은 할 수 있잖아?' 하고 투정을 부렸을 것이다.

그러나 여자는 아무 말도 하지 않는다. 그리고 조용히

일어서서 앉았던 카페의 입구를 향해 걸어 나오다가 다시 되돌아서서 묻는다.

"언제부터 그런 생각을 하고 있었어?"

"몇 달 됐어."

"몇 달 됐다구?"

여자는 심술궂게 그를 비웃으며 다시 말한다.

"몇 달 전부터 그런 생각을 하고 있으면서, 그러니까 나를 사랑하지도 않으면서 그 동안 왜 나를 만났지?"

남자는 아무 말도 하지 못한다.

하루, 이틀, 그리고 일주일이 지난다. 여자의 생애에 그처럼 긴 시간은 없었다.

여자는 숨을 쉬는 것도, 밥을 먹는 것도 귀찮다. 그냥 드러누워 있다, 일주일을.

그리고 새로운 일주일이 시작되는 날, 남자의 집 전화번호를 누른다. 그대로는 납득이 가지 않아 견딜 수 없다.

신호음이 들린다. 수화기를 들고 있는 여자의 손이 떨린다. 여자는 있는 힘을 다해 몸을 가눈다.

처음 전화번호를 누를 때 여자는 자존심을 버렸다. 그러나 남자가 전화를 받자 여자는 아무 말 없이 전화를 끊어 버린다.

여자는 알고 있다. 자신이 아무 말 없이 전화를 끊은 것은 그 사람을 그렇게까지 필요로 하고 있지 않다는 것이고, 버리지 말아 달라고 애원하며 그의 마음을 돌리기 위해 애쓰고 싶지 않다는 항변인 것을.

여자가 그를 자기 인생에 필요한 사람이라고 생각했다면 보다 더 강하게 남자에게 매달렸을 것이다. 그러나 여자는 그 사람과의 인연이 그만큼이라는 것을 알기 때문에 마음을 쉽게 거둬들인다.

헤어지고 싶다는 남자에게 산뜻하게 헤어져 줄 수 있는 것은 그 남자의 사랑이 그 정도라는 것을 알기 때문이다.

여자는 그렇게 생각함으로써 괴로움에서 벗어난다. 가슴 깊은 곳에서 철썩이는 파도소리를 느끼면서.

여자는 불꽃처럼 스스로 없어질 때까지는 결코 꺼지지 않는 파괴의 힘이
— W. 콘그리브

월동

비어 있는 시간의 함정

여자는 자기가 여자로 살고 싶다고 갈망할 때 받아들여주는 남자와는 헤어질 수 없다.

146

결혼해서 남편이 있는 여자가 남편 이외의 남자를 좋아하는 경우는 얼마든지 있다.

죄가 안 되는 케이스부터 얘기를 하자면, TV화면에 나오는 탤런트나 배우들에게 일방적으로 열을 올리는 경우가 그렇다. 그것도 사랑은 사랑이다.

슬프게도 한국 여자들은 여자로서 한창인 나이에 세간世間으로부터 버림받는다.

삼십 중반에만 들면 '아주머니'라고 불린다. '아주머니'는 가만히 계시라는 말의 다른 표현이 된다.

남편도 한통속이다.

아내를 그저 집의 한구석에 놓여 있는, 눈에 익숙한 가구쯤으로 본다. 그 이상은 흥미가 없다.

여자가 세간으로부터, 남편으로부터 따돌림받거나 버림받는 것은 참을 수 없다. 왜냐하면 결혼한 여자들은 거울 속의 자신의 모습을 볼 때면 솔직히 처녀 때보다 훨씬 섹시해지고 더 아름다워졌다고 생각하기 때문이다.

실제로 여자는 결혼을 하고나야 아름다운 법이다. 여자로서 완성되어 있고, 또한 건강하다. 관능적으로는 처녀 때보다도 훨씬 아름답다. 그럼에도 불구하고 버림받고 잊혀져 간다. 그러면서 시간이 빠르게 지나가 버린다는 것을 절실하게 느낀다.

여자로서 가장 완성되고, 최고로 건강한 욕망을 갖고 있는 이 시기에 인정받지 못하는 것은 너무 안타깝다.

그러다보면 여자는 누군가로부터 시선을 받고 싶은 갈망에 빠진다. 즉 남자들에게 욕망당하고 싶어한다. 거기에서 여자의 사랑이 시작된다.

한 여자가 젊은 남자와 사랑에 빠진다. 열두 살이나 연하인 남자와 넘치도록. 성숙한 어른이 할 행동이라고는 생각도 못할 만큼.

여자 자신은 누구의 가정도 파괴할 작정은 없다. 남편과 헤어지려는 것도 아니다.

성숙한 여자로서의 염念을 태우고 나면 다시 마음의 평화를 되찾을 수 있고, 가정과 남편 곁으로 돌아와 아무런 일도 없었던 듯이 지낼 수 있으려니 생각한다. 당연히 조심하며 젊은 남자와의 밀회를 즐긴다.

여자는 연하인 남자와의 사랑이 부끄러워서 타인에게 말할 수 없다. 사실 누구보다도 자기 자신에게 부끄럽다.

"별볼일 없는 그냥 젊은애야. 촌스럽고 인간적으로도 문제가 있고. 그런 사람과 남편을 바꿀 순 없어. 그런데 이상하게도 그런 별볼일 없는 남자가 지금의 나에게는 사는 보람이 되고 있어."

이렇게 말하는 여자의 목소리는 비통하다.

괴로운 시간이 흐르면서 언젠가는 끝이 날 사랑이니까 더욱 타오른다. 죄스러움과 수치심은 더욱 미묘하게 사랑을 자극한다.

문제는 그 여자의 계산처럼 되지 않는 데에 있다. 육체의 사랑을 불태운 뒤 조용히 가라앉은 마음으로 가족에게 돌아가려 했으나 그러기 전에 파탄돼 버린다. 남편에게 들킨 것이다.

남편은 아내의 밀회, 아내의 변화에 눈치를 챈다. 아내에게서 풍기는 냄새로써. 밀회를 즐기는 시기의 아내는 여자로서의 향기를 풍긴다. 남자는 여자의 그런 냄새에 민감하다.

결국 그 여자는 이혼을 받아들일 수밖에 없다. 여자에게서 이혼 얘기가 들먹여지자 그 젊은 남자는 도망가 버린다. 당연한 일이다.

그 사랑이 끝나고 난 훨씬 뒤 여자는 말했다.

'나는 사랑에게 사랑을 했다.' 라고.

상대방은 누구여도 상관 없었다. 사랑하는 상태, 그 자체를 원했던 것이다. 우연히 가까운 주위에 젊은 남자가 있었다는 것뿐.

사랑에게 사랑을 하는 상태.

다시 한번 격렬하게 살아 보고 싶다고 절망하는 여자들이 빠지기 쉬운 함정이다.

여자가 여자로서 살고 싶다고 마음 깊은 곳에서 갈망하고 있을 때, 자신을 여자로 받아들여 주는 상대와는 헤어지기가 힘들다.

그를 놓치면 이번에는 누가 자기를 여자로 봐줄 것인가? 여자들은 그런 날은 두번 다시 오지 않을지도 모른다는 위기감에 빠진다. 여자로서 한창인 나이의 허용되지 않는 사랑은 대부분 그렇다.

만일 그렇게 비어 있는 시간이 유혹할 때면 육체적인 만남이 아니라 이성적인 만남으로 방향을 바꿔야 한다. 그러나 그것은 말처럼 쉬운 일이 아니다.

언제까지나 여자로 있어야

여자를 무기로 삼지 말고, 일을 무기로 삼아야 한다.
여자임을 팔거나 버리지 않는.

한국의 여자는 두 종류밖에 없다. 아가씨와 아주머니, 또는 미스와 엄마.

결혼하기 전은 분명히 아가씨였는데 결혼하고 나서 이삼 년 지나면 명실공히 엄마가 되어 버린다.

'여자'가 없다. 자신의 힘으로 땅에 발을 딛고, 자신의 생각을 자신의 언어로 표현할 수 있는 여자가 없다.

또 섹시한 여자도 없다. 반면 아양떠는 여자는 질릴 만큼 많다.

섹시함과 아양을 부리는 것에는 대단한 차이가 있다. 아양은 표면에 억지로 갖다 붙인 장식이다. 섹시함은 내면에서 우러나오는 몸의 언어다.

아양은 진득진득해서 불결하지만 섹시함은 산뜻하고, 청결하다.

아양은 부리고 싶으면 부릴 수 있지만, 섹시함은 원한다고 해서 그렇게 간단히 되는 게 아니다. 그것은 억지로 몸에 갖다 붙이는 것도 아니고, 껌처럼 쉽게 씹을 수 있는 단순한 테크닉도 아니다.

여자들이 남자들과 어깨를 나란히 하려면 아양은 금물이다. 여자를 팔지 말아야 한다.

'여자니까 봐준다.' 하는 식으로, 여자라는 이유로 용납해버리는 데 대해서 어리광을 부려선 안 된다.

여자를 무기로 삼지 말고 능력을 무기로 삼아야 한다. 또 '여자'를 버려도 안 된다.

'여자'를 방치해버리는 아주머니는 안타깝다.

그런 아주머니는 이미 아주머니조차도 아니다. 아저씨다. 부끄러움을 모르는 최악의 아저씨다.

'여자'를 간단하게 버려서는 안된다.

'여자'로 있기 위해서는 '아직도 이렇게 두근거리는 감정을 느낄 수 있는데, 이렇게 멋있는데' 하고 자신을 채근해야 한다.

이미 때가 지난 몸이라고 '여자'를 버릴 게 아니라 거울에 비치는 자신의 모습을 더 많이 보아야 한다.

'여자'임을 팔지 않고, '여자'임을 버리지 않고, 몇 살이 되든 '여자'로 있을 수 있어야 한다.

여자와 남자가 바라는 것

여자는 남자와 달리 생활보다 인생을 소중히 여긴다.
여자는 신뢰하는 사람에게서 인생을 찾으려고 하고,
남자는 연애 속에서 생활을 바란다.

152

생활과 인생은 다르다.

생활이란 매일 사람들이 보내는 일상의 반복이다. 빛 바랜 매일이다.

현실은 꿈 같은 게 아니다. 사람들은 단조롭고, 때로는 숨막히는 매일을 짊어져야 한다. 그럴 때 숨통이 확 트이는 말 한 마디면 상황이 달라질 수 있다.

빛바랜 생활을 완전히 바꿔주는 말. 바로 '모든 사람이 나를 버려도 당신만은 나를 따라와 줄 것 같애.' 라는 신뢰의 말이다.

여자에게 이보다 매력적인 문구는 없다. 그래서 너무도 쉽게 세뇌당한다. 꽤 잔손이 간 이 속삭임은 여자의 자존심을 자극시킨다.

자기에게도 언젠가 고독한 날이 온다는 암시와 함께 여자의 모성애를 자극시킨다.

오직 당신 한 사람만이 따라와 준다는 신뢰로 자기들 두 사람을 확고한 동반자로 묶어버린다.

이처럼 세뇌시키는 말에는 여러 가지 계산이 들어 있어서 똑똑한 여자가 더 쉽게 넘어간다.

여자가 그런 세뇌의 말에 약한 것은 그것을 기피하는 무엇인가가 있어서다.

여자는 남자와 달리 생활보다도 인생을 소중히 여긴다. 그러나 어느 유명한 시인은 남자가 관심 있는 것은 인생보다도 운명이라고 했다. 틀린 말이 아닌 것 같다.

여자들은 빛바랜 생활에서 탈출할 수 있는 티켓을 갖고 싶어한다. 그것이 연애가 아니어도 좋다. 종교여도 좋다. 세뇌의 말은 인생을 느끼게 하니까. 그래서 거기에 흥분해 버리는 것이다.

세뇌의 말에 걸려든 여자는 그날부터 그 말을 하나의 꿈으로 삼고 살아간다. 대부분의 남자가 여자에게 속삭이는 세뇌의 말은 장소에 한한 것이다.

여자가 남자의 여자가 된 순간부터 별 의미가 없는 약속이다.

여자는 달콤한 세뇌의 말에서 인생을 찾으려 하고, 남자는 연애 속에서 생활을 바란다.

미인 대량 생산의 시대

여자의 얼굴은 만난 뒤에 가슴에 남는 얼굴이라야 된다.
봐도 봐도 싫증이 나지 않는.

여자로서 얼굴 따위는 아무래도 상관없다고 하는 사람은 없을 것이다.

어린아이서부터 할머니까지 여자인 한 아름답게 보이고 싶다는 마음은 누구나 갖고 있다.

최근에는 젊은 여성들 중에 미인이 많다. 화장 기술과 성형수술 발달도 큰 역할을 하고 있다.

그런데 어떻게 된 일인지 개성적인 얼굴이 없어졌다. 모두 비슷비슷하다. 이렇게 같은 얼굴이 많아지니까 특별히 한 사람을 선택해서 미인이라는 명칭을 붙이기도 어렵다.

기억력이 나쁜 사람은 길에서 인사를 하고도 그 사람이 누군지를 생각하려면 시간이 한참 걸릴 것이다.

이것은 여자에게서 뿐만이 아니라 남자에게서도 마찬가지다.

여자 얼굴의 아름다움은 만난 뒤에 가슴에 남는 얼굴이라야 된다. 또 봐도 봐도 싫증나지 않는.

오래 전, 파리에 갔을 때 한 레스토랑에서 줄리 켄트라는 아가씨를 봤다. 그 아름다움에 현기증이 날 정도였다. 그 여자는 블루진에 하얀 셔츠의 검소한 차림으로 화장기 없는 얼굴이었다. 그러나 옆얼굴에서 나타나는 기품이 참으로 빼어났다. 가까이에서 본 사람은 누구나 그 감동을 알리고 싶다는 충동으로 가슴이 울렁거릴 만했다.

아름다운 얼굴이 반드시 갖추어진 얼굴은 아니다. 눈, 코, 입이 모두 제자리에 잘 갖추어져 있어도 야비한 얼굴은 얼마든지 있다. 겉모습은 다시 없을 듯한 미인인데도 욕심이 많아 보이는 얼굴도 있다.

압력밥솥에 한 밥을 '맛있다. 맛있지?' 하고 권유받는 것도 경우에 따라선 곤란한 일이다.

마찬가지로 '저 여자 미인이지? 미인이잖아!' 하고 추장받는 것도 난감하게 한다.

마음만 먹으면 여자의 얼굴을 밀가루 반죽처럼 즉석에서 고쳐놓는 시대가 되면서부터 진짜 미인이 적어졌다.

여러 해 수련을 쌓지 않으면 안되는 것은 여자의 얼굴도, 요리도 같다.

여자의 댄디즘

꼴불견인 것 중의 하나가 '연인의 이별' 얘기다. 부부라면 헤어질 때 풀어 나가야 할 게 많다. 아이들 문제, 위자료 문제 등. 그런데 연인의 경우는 그런 게 필요 없다. 따라서 이러쿵저러쿵 얘기하는 건 오히려 우습다. 전화 한 통이면 충분하다.

간단히 헤어진다고 해서 사랑마저 간단했던 건 아니다. 오히려 이별이 간단할수록 사랑은 깊은 법이다. 사랑이 깊었던 만큼 결정도 신중했을 것이므로 헤어지자는 얘기가 나왔다면 어쩔 수 없다는 얘기다.

남녀 관계에서 이별이 없어야 한다는 건 말할 필요도 없다. 그를 예방하기 위해서 남자가 아주 조금이라도 한눈을 팔면 즉시 말해야 한다. '자기 만일 나하고 헤어져 봐. 그냥 안 둘 테니까.' 라고.

그러면 대개의 남자는 겁을 낸다. 혹시 저 여자 자살이라도 할 생각인가 하고. 아니면 회사로 찾아와서 시끄럽게 굴지나 않을까 하고 생각할지도 모른다.

그때 살짝 웃으면서 '인형 만들어서 매일 밤 바늘로 수천 번씩 찌를 거야!'라고 한다. 귀여운 협박이다. 만일 그래도 남자가 헤어지자는 얘길

취소하지 않으면 그때는 산뜻하게 헤어지는 게 좋다.

떠나는 남자를 붙잡아 두려는 노력보다 다음에 올 사랑을 위해 노력하는 편이 훨씬 좋다. 길지 않은 인생, 의미 없는 일은 할 필요가 없다. 게다가 그런 협박의 센스를 모르는 남자와의 대화는 정말 시간 낭비다.

헤어질 때는 말없이 산뜻하게. 그것이 여자의 댄디즘이다.

질투는 내숭으로 극복하라

사랑에 질투는 감초다. 하여 어차피 질투를 해야 한다면 격조 높고(?) 질 좋은(?) 질투를 하도록 하자. 이왕 할 바에는.

그러나 그것은 간단하지 않다. 압도적으로 다수의 여자들은 짜증날 정도로 노골적인 질투를 하거나 억누르고 초연한 척 내숭을 떤다. 둘 다 아니다. 시끄럽게 질투하면 달아나 버릴 테고, 태연한 척 있으면 질투하지 않는 것으로 볼 것이다.

질 좋은 질투는 최고의 애정 표현이고, 고백이다. 그러므로 지나쳐도, 전혀 하지 않아도 의미가 없다.

비오는 밤 늦게 돌아온 남편의 레인코트가 어깨 반쯤만 젖어 있다고 하자. 혼자 우산을 썼다면 반쪽만 젖을 리가 없다. 누구와 같이 우산을 쓰고 왔다는 증거다.

여자가 그것을 눈치챘다 해도 그 자리에서 열받고 토라져서 넘겨짚고 빈정대는 것은 좋지 않다. 겉으로는 초연한 척하면서 속으로 부글부글 속앓이를 하는 것도 건

강상 바람직하지 못하다.

그럴 땐 차라리,

"어머! 당신 몸 반쪽만 젖었네요. 다음에는 우산을 상대에게 주고 당신은 아예 비를 그냥 맞고 오세요. 감기 걸리면 내가 간호해 드릴 테니까."

하고 급소를 찌르는 게 효과적이다.

그리고 다정하게 굿 나잇 키스라도 하고 웃어주면 말 그대로 품위를 유지하며 적을 항복시키는 셈이 된다. 그러나 말은 쉽지만 정작 그런 상황에 부딪치면 그렇게 하기란 쉬운 일이 아니다.

오랫동안 짝사랑하던 남자를 포함해서 여럿이 술을 마시게 되었다 치자. 얘기를 하며 술을 마시고 있는데 한 여자가 들어온다. 그러자 그가 그녀를 모두에게 소개시킨다. '내 여자'라고.

이쪽에서는 심장이 멈추는 듯한 충격을 받으면서도 초연한 척 상냥하게 인사한다. 바보스럽게, 아니 순전히 내숭이다.

질 좋은 질투를 할 수 있는 여자는 그럴 때 과연 어떻게 할까? 선뜻 답변하기가 쉽지 않다.

사실 질 좋고, 격조 높은 질투란 어렵다. 혹, 짝사랑 정도라면 가능하겠지만……. 그래도 역시 그것은 내숭이다.

매력적인 여성이 되려면

매력적인 여성은 상대 남자에게 많은 것을 바라지 않는다.
또한 연애에 자신의 전부를 걸지도 않는다.

160

순수한 연애에 술책 같은 것은 필요없다고 생각할지도 모른다. 그러나 그 순수함은 반 년 정도로 끝나고 만다. 결혼도 그렇다. 가슴이 두근거리는 것은 그리 길게 가지 않는다.

연애를 길게 지속하기 위해서는, 또 결혼생활을 지루하지 않게 하기 위해서는 술책이 필요하다.

그 술책이란 마음속 전부는 최후까지 보여주지 않는 것이다. 자기의 구석구석을 상대에게 전부 보여주면 3개월로 싫증이 난다.

오랜 시간을 같이 있는데도 너라는 존재를 알 수 없다고 애인, 혹은 남편이 말하게 한다면 당신은 분명히 매력적인 여자다.

그러기 위해서는 끊임없이 무엇인가를 흡수하지 않으면 안된다. 받아들이고 흡수하면서 자신을 높여 가야 한다.

하는 일 없이 하루 세 끼 식사나 챙겨 먹고, 낮잠을 자고, 찜질방에나 다녀서는 매력적인 시간을 맞이할 수가 없다. 여자로서의 한창인 때를.

당신이 매력적으로 될수록 상대도 매력적으로 되어 가는 것이다. 남자와 여자는 서로 자극하고, 자극을 받으면서 성장해 가는 것이니까.

애인을 갖고 싶다면 그냥 기다리지 말고 먼저 적극적으로 나서야 한다. 그리고 애인이 생기더라도 안일에 빠져서는 안 된다. 한층 더 노력하는 자세가 필요하다.

아주 많은 젊은 여성들이 결혼해서 자기와의 싸움을 그만둬버리는 것을 흔히 본다. 아이를 키우는 것과 집안일에 파묻혀 자신을 얼버무리기 때문이다.

집안일이나 육아만으로 하루가 끝나 버리는 여자들이 하는 애기는 신용할 수 없다. 아무리 바쁜 일상이라고 하더라도 한두 시간 정도 책을 읽을 수 있는 시간은 있을 것이다. 이 세상에는 아이를 키우고 집안일을 하면서도 훌륭하게 자신의 일을 해내는 여자들이 얼마든지 있다.

애인이 없다고 안타까워하는 젊은 여성들을 간혹 본다. 또 연애 같은 것은 귀찮아서 싫다는 여성도.

연애할 때 마음 쓰는 것이 귀찮다는 애기다. 그래서 인스턴트 같은 사랑이 편하다고 여기고 그런 것만 찾는다.

단 한 번이라도 심각한 사랑을 해 본 사람이 그런 애기를 한다면 모르지만, 죽느니 사느니 하는 사랑을 해 본 적도 없으면서 사랑은 귀찮아서 질색이라는 소리를 들으면 놀랍다.

매력이라는 것은 가만히 있는 상태가 아니다. 적극적,

능동적으로 움직이고, 행동을 취할 때 생기는 것이다. 타인에게 부드럽고 친절하게 말을 걸고 돌볼 때 반짝이는 것이다. 당신을 세계에서 가장 훌륭하다고 생각하고 있다는 것을 진심으로 상대에게 전할 때, 그 마음이 상대에게 있어서 당신의 매력이 되는 것이다.

그렇다고 해서 당신 없이는 죽겠다고는 하거나 찰싹 달라붙는 것이 아니라, 당신 없이는 죽을지도 모르지만 당신을 좋아하는 것은 당신이 언제든 내 곁에서 떠나 버릴 것 같은 느낌 때문이라고, 그런 식으로 냉정한 태도를 취할 수 있는 쪽이 매력적이다. 그쪽이 남자의 마음을 훨씬 더 강하게 잡아두는 것이다.

당신이 어느 날 문득 내 곁을 떠나 버릴지도 모르니까 그래서 좋아한다는 말 뒤에는, 나도 또한 어느 날 훌쩍 당신 곁을 떠날지도 모른다는 느낌을 넌지시 풍겨주어야 한다. 그것이 사랑의 술책이다.

사랑의 술책은 일생동안 해야 할 길고 긴 게임이다. 그것은 상대와의 싸움이기도 하지만 자기 자신과의 싸움이기도 하다. 자기와의 싸움을 소홀히 하면 매력은 급강하한다.

정말 매력적인 여성은 사랑의 술책에 능하고, 상대 남자에게 많은 것을 바라지 않는다. 적어도 연애에 자신의 전부를 걸지도 않는다.

3

사랑의 노예, 남자

극단적으로 얘기하면 남자는 여자가 있기 때문에 살아간다.
여자가 있기 때문에 열심히 일하고,
여자가 있기 때문에 힘이 나고,
삶이 즐거운 것이다.
여자가 없는 곳에는 남자도 없다.

남자는 여자가 있기 때문에 고결하다.
— O. W 호움즈

영혼의 빛

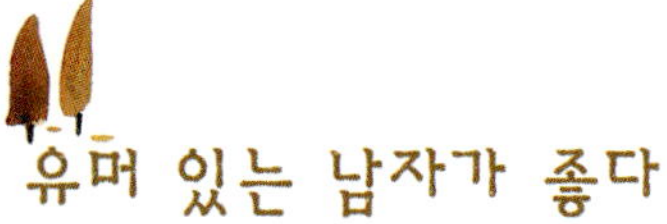

유머 있는 남자가 좋다

유머 감각은 잘 닦여진 감성이다. 살아 있는 감성이고, 자신 감이고, 여유다.

166

사람 수컷을 한마디로 남자라고 하지만 남자에도 여러 부류가 있다. 그 중에 유머 있는 남자의 인기가 좋다.

그런 남자와의 삶은 부드럽고 여유가 있다.

말이 없는 듯하면서도 어떤 한순간에 툭 내뱉는 한마디가 재미있다면 더할 수 없는 매력이다.

아무리 용모가 수려하고, 사회적인 지위가 높고, 돈이 있어도 유머 감각이 없다면 별로다.

또 떠벌려대는 남자처럼 꼴불견도 없다. 그렇다고 말 없는 남자, 무표정한 남자가 무조건 좋은 건 아니다.

지나치게 말이 없거나 무표정하다는 것은 자신감이 없거나 아는 게 별로 없다는 얘기다. 자신은 무표정하게 있으면서 상대방을 떠보고, 엿보려고 하는 남자도 매력이 없다.

남자들 중에는 자기는 인기가 있다고 터무니없이 과신하는 사람이 있다. 진짜로 특별히 인기가 있는 것이 아니라 자기 멋대로.

멋쟁이란 세
련된 감성으로
자기 관리를 잘
하는 사람이다.
그 감성은 폭이
넓고, 수준이 높
으며, 외양적으
로 잘 단련되고
닦여져 있어야
한다.

유머 감각도

잘 닦여진 감성이다. 살아 있는 감성이다. 자신감이다.
여유다.

투박한 감자같이 못생겼어도 유머 감각이 뛰어나다면
그런 남자가 인기 있다. 매력 있는 남자다.

결혼 후의 생활은 연애 기간보다 길다.

때문에 결혼 상대는 유머 있는 남자를 우선순위로 하
는 것이 남은 인생을 지루하지 않게 해준다.

유머 있는 남자가 '자상한 남자', '따뜻한 남자', '성
실한 남자' 보다 우선 순위로 대접받는 것도 그런 이유에
서다.

성취의 시작은 도전이다

자신감이란 주관적이고 참으로 에고이스틱한 것이다. 그리
고 목표는 도전하지 않으면 성취되지 않는다.

자신감이 없는 사람에게는 두 가지 타입이 있다.

하나는 '나는 안 돼!' 하고 생각해 버리는 사람과, 말
로는 '나는 하면 할 수 있어!' 라고 하면서 실제로는 아무
것도 하려 들지 않는 사람이다.

구체적인 목표가 없으니 분발할 의욕이 없다. 의욕이
없는 생활은 허무감을 준다. 허무감은 다시 매사에 흥미
를 잃어버리게 한다. 나중에는 허무감이 원인인지 게으
름이 원인인지, 무엇이 무엇인지조차 모르는 혼미에 빠
지게 된다.

그리고는 죽은 생선 같은 자신을 아무도 사랑해 주지
않는다고 떠들어댄다. 섭섭해 한다. 혼자만 버려진 것 같
다고 난리를 친다. 모두들 즐겁고 행복한데 자기만 따돌
려진 것 같다고 슬퍼한다.

그러다가 끝내는 분노한다. 그리고는 그 분노까지도
게으름 속에서 해결하려 든다. 종일 멍하니 앉아 있거나
TV만 본다. 그리고는 잘 수 있는 데까지 잔다. 자다 깨면

또 그런 날의 연속이다.

목표를 세우는 것도 두렵고, 무엇에 도전하는 것도 두렵다. 그럴수록 그런 자신이 불쌍하게 여겨진다.

보통사람은 이러한 경험을 가지고 있다. 그러니까 이런 경험이 있는 사람은 자신이 보통의 범주에 들어 있다고 생각하면 된다. 그러나 언제까지나 그 자리에 머물러 있을 수는 없다. 그래서는 안된다. 그럼 어떻게 할까?

우선 자기 혐오에서 벗어나야 한다. 그러려면 자신에 대해서 비관적이 되지 않을 구체적이고 탄탄한 목표를 정해야 한다. 실천이 가능한 것으로.

무엇인가를 시작할 때 '이미 늦었다' 라는 말은 잘못된 얘기다. 쓸데없는 걱정이다. 언제든지 시작할 수 있고, 성공할 수 있다.

시작하면 자신감도 생긴다. 백 프로의 성공이 아니라 하더라도 자신감은 능력을 키워 준다.

자신감을 갖고 있을 때는 '할 수 있다' 는 암시가 걸려 있기 때문에 얼굴도 빛난다.

자신감이라는 것은 글자 그대로 주관적이고 참으로 에고이스틱한 것이다.

자기에 대해서 가장 큰 이해자는 역시 자기 자신이다. 자기 자신을 믿고 작은 목표를 향해 성실하게 도전하는 것이 목적을 이루게 해준다. 그리고 자기가 하고 싶은 일을 하고 있을 때 행복하다.

남자의 에고이즘

남자의 결혼은 반은 포기이고, 반은 타협이다.
그만큼 결혼에 의해 잃어지는 자유를 아까워한다.

남자는 치밀하다. 이성적이다. 감정에 의존하지 않는다. 인내력이 있고, 객관성을 갖고 있다.

그런 점이 여자에게는 없는 남자의 미점美点이라면 미점이다. 그러나 그 미점 속에는 보이지 않게 숨겨져 있는 것이 있다. 에고이즘이다.

남자의 에고이즘은 여자들처럼 단순한 감정의 기복에서 나오는 것이 아니다. 치밀한 계획(?)이 따른다. 그래서 봐주기 어려운 점이 있다.

남자의 에고이즘 중에서 최고의 것은 출세욕·권세욕에 타오르는 추함이다. 남자에게 있어서 인생의 행복은 자신의 우월성을 타인이 인정해 주는 것, 뛰어나게 우수한 것, 승리하는 것에 있다. 그래서 투쟁한다.

때로는 자신이 훌륭한 것처럼 보이게 하기 위해서 사람을 증오하고, 함정에 빠뜨린다. 이런저런 수법과 권모술수를 쓴다. 내기를 건다. 남자의 투쟁은 살벌하다.

옛부터 떠벌리고, 남의 악담을 하고, 질투하는 것은 여자의 본성이라고 말해왔다. 그러나 남성의 생태를 주의 깊게 보고 있으면 여자의 그런 것이 별로라는 것을 알 수 있다.

출세하고 싶다, 위대해지고 싶다는 욕망은 있지만 현실이 그것을 뒷받침해 주지 않을 때 나타나는 남자의 질투란 무섭다. 여자의 질투와 비교할 수 있는 게 아니다.

여자의 질투는 감정에서 나온다. 그러나 남성의 질투는 자존심에서 나온다. 남자의 자존심을 여자가 이해하기는 어렵다.

남자는 자신을 실제 이상으로 보이려고 선전하기도 한다. 자기의 우위성을 돋보이게 하기 위해서 때때로 상대의 맹점을 폭로하기도 한다. 그것은 남자다움의 결여가 아니다. 자존심의 상처를 회복시키려 하는 무의식의 몸짓이다.

여자는 사랑하면 결혼하기를 원한다.

남자가 결혼하는 것은 반은 포기요, 반은 타협이다. 그만큼 결혼에 의해 자유를 잃어버리는 것을 두려워한다.

남자는 그냥 놀 수 있는 여자, 헤어질 때 상큼하게 헤어질 수 있는 여자, 자립심 있는 여자를 택하고 싶어한다. 그것도 에고이즘의 소산이다.

그런가 하면 밥, 빨래, 청소가 불편(?)해서 문득 결혼해야겠다고 생각하기도 한다. 어디 얌전하고, 착하고, 살림

잘하는 여자가 있으면 하는 식으로.

요즘 남자들은 옛날 남자들에 비해 여성적이라고 한다. 예전에 비해서 가정에서의 권력을 잃은 것처럼 보인다. 일요일에는 가족을 위해 서비스를 한다. 청소를 거들어 주고 요리도 만들어 주고.

그러나 그런 것만으로 남자의 에고이즘이 줄었다는 결론은 아직 이르다. 줄어든 것이 아니라 변형된 것뿐이다.

여자에게 양보하고, 미안해하는 척하면서 한편으로는 어느 구석에서 또다른 음모를 챙기고 있는지도 모른다.

여자의 에고이즘은 감정이 중심이다. 반면 남자의 에고이즘은 이성이 중심이다.

남자는 원래 여자보다 에고이즘을 더 갖고 있다. 치열한 경쟁사회에서 어쩔 수 없는 일이라고 연민을 느낀다.

에고이즘은 에너지와 크게 관계가 있다. 인생을 살아가는 에너지, 투지.

가끔 에고이즘이 강한 남자가 매력적으로 보이는 것도 그 때문이다.

남자라는 동물

남자는 옆에 애인이 있어도 거리에서나 레스토랑 같은 데
서 예쁜 여자가 있으면 서슴없이 고개를 돌려서 본다. 촌스
럽기 그지없다.

남자란 참 알 수 없는 동물이다. 여자에게 자기만을 생
각해 달라고 귀찮게 조른다. 그래서 여자가 그렇게 해주
면 이번엔 여자를 무시하고 우습게 보려 든다. 그리고 마
음 한편으로는 그 여자에게서 떠나려는 음모를 꾸민다.
설령 떠나기까지야 안 하더라도.

또 있다.

'똑똑한 여자는 싫다.' '여자가 너무 똑똑한 척하
면……' 라고 말하면서 '바보 같은 여자는 질색이다.'
'저렇게 멍청해서야……' 라는 식으로 얘기한다.

'여자는 얼굴이 아니야, 마음이지' 하면서도 '저렇게
못생겨서야 누가 데려가겠어' 라고 모순된 얘기를 한다.

'똑똑한 여자는 싫다' 라고 하는 남자치고 별볼일 있는
남자 없다. 그런 남자는 아예 처음부터 상대하지 않는 게
좋다.

또 유머 없는 남자도 별볼일 없다. 전혀 매력이 없다.

현대의 남자는 자신에게 전적으로 기대는 여자보다 파

트너로서, 남편이나 연인으로서, 더불어 싸워 나가는 전우로서의 여자가 매력이 있다고 생각한다.

남자는 여자가 생각하는 만큼 그렇게 강하지 않다. 허세를 부리고 있을 뿐이다. 여자가 지나치게 자기에게 의지를 하면 슬그머니 꼬리를 내리고 도망치려 한다.

정신적인 것은 물론이고 경제적인 면에서도 여자가 자립을 해주기를 바란다.

반대로 여자는 남편이 벌어 오는 돈으로 살림하고 집을 지켜야 한다든가, 자립한 여자는 거세서 싫다든가 하는 남자들도 많다. 그런 남자는 자신이 없는 사람이라고 말해도 좋을 것이다. 틀림없다. 이유는 남자의 존재성 identity을 찾아낼 수 없기 때문이다.

여자는 그런 남자의 사랑을 받고 싶어하지 않는다.

남자는 자기 옆에 애인이 있으면서도 거리에서나 레스토랑 같은 데서 예쁜 여자가 있으면 서슴없이 그쪽으로 고개를 돌린다. 여자의 입장에서는 그런 남자야말로 촌스럽기 그지없다.

그러나 아이러니

컬하게도 그런 남자일수록 아무 여자하고나 결혼하려 하지 않는다. 그냥 아름다워서 잠시 정신을 빼앗겨 본 것뿐이라고 항변한다.

여자들에게는 그런 점이 이해가 안 된다.

또 하나, 입으로는 '일생 동안 당신만을 사랑하고, 당신을 행복하게 해줄 거야!' 라고 얘기하면서 진짜로는 그렇게 심각하게 생각하지 않는다. 여자가 남자를 생각하는 것만큼.

남자는 '여자는 집안에서 살림이나 잘하면 되지!' 하면서도 정작 자기 여자에게는 바라는 것이 많다. 욕심쟁이다. 얼마나 욕심쟁이인가 하면 건강하고, 자신에 차 있고, 센스 있고, 개성 있고, 의지 강하고, 아름다움을 갖고 있는 여자, 그런 여자를 괜찮은 여자라고 생각하고, 또 바란다. 정녕 기가 막힌다.

남자들은 왜 그렇게 허황된 욕심을 부릴까?

그러나 남자에 대해서 여자들끼리 얘기해 본들 소용이 없다. 그래서 남자를 만나 진지하게 얘기하려고 하면 '골치 아픈 애긴 나중에 하자'고 한다. 정말 골치가 아파서 그런가 하면 그렇지도 않다.

남자란 참으로 알 수 없는 존재다.

남자의 조건

혼자 있어서 괜찮은 남자보다 여자와의 관계에서 괜찮은
남자가 진짜 괜찮은 남자다.

남자가 아름답다고 느껴질 때는 순수하게 노동을 하고
있을 때다. 즉 남자의 원형을 확인할 때다.

입고 있는 티셔츠가 땀으로 흠뻑 젖을 정도로 고장난
TV를 고친다든가, 부서진 문짝을 수리하는 남자의 모습
을 볼 때면 아름다움과 동시에 섹시함마저 느껴진다.

괜찮은 남자라고 하면 우선 떠오르는 이미지는 건강한
체격이다. 넓은 어깨, 두꺼운 가슴, 근육질의 팔과 허벅
다리…….

그런데 한국 남자들은 유전적으로 근육이 별로 잘 발
달되어 있지 않으니까 운동으로 노력할 수밖에 없다.

운동의 종류는 다양하다. 스포츠 클럽에 가서 기계를
상대로 매달리는 것도 한 방법이다. 그러나 그것은 별로
라는 생각이 든다. 특히 골프 연습으로 땀흘리는 남자를
볼 때는 같은 땀인데도 전혀 매력을 느끼지 못한다.

괜찮은 남자의 조건은 우선적으로 육체가 아름다워야
한다. 운동으로 잘 다듬어진.

다음으로는 지성이다.

지성이란 배운 것을 살려 활용하는 능력이다. 아무리 학력이 좋다 해도 배운 것을 실생활 속에서 살리지 못한다면 지성과는 남남이다. 자기가 배운 것을 생활 속에 분해, 융합시켜 나가는 능력이 지성이다.

다음으로 홀로서기다. 자신의 일을 독자적으로 할 수 있는 남자여야 한다. 집안일 정도는 기본 중의 기본이다.

필요한 경우에는 부엌에서 볶음밥도 만들어야 한다. 뒹굴뒹굴 TV스위치나 눌러대는 남자가 아니다. 사람이 할 수 있는 일은 모두 할 수 있어야 한다.

나는 남편이니까, 가장이니까 집안일을 할 이유가 없다는 남자는 괜찮은 남자로서의 조건에는 전혀 해당이 안된다.

남자와 같이 있는 여자를 보면 그 남자를 알 수 있다. 괜찮은 남자는 괜찮은 여자를 동반하지 않으면 안된다.

그러면 괜찮은 여자란 어떤 여자인가?

말할 것도 없이 자연스러운 여자다. 폼잡지 않고, 나서지 않고, 똑똑한 척하지 않는 여자다. 거기에 떠들지 않고, 지나치게 치장하지 않는 여자. 따뜻하고, 낮은 목소리로 유머러스하게 대화를 하는 여자.

혼자 있어서 괜찮은 남자보다 여자와의 관계에서 괜찮은 남자가 훨씬 좋다. 두 사람이 만들어내는 분위기가 더 중요하기 때문에.

괜찮은 남자에 대하여

텔레비전 중계를 보면서 흥분하는 남자는 괜찮은 남자다.
그만큼 감동할 줄 아는 남자라는 얘기다.

세상에는 괜찮은 남자, 별볼일 없는 남자, 그저 그런 남자, 세 타입이 있다.

그저 그런 남자는 별로 신경이 쓰이지 않으나 괜찮은 남자와 별볼일 없는 남자의 경우는 신경이 쓰인다.

다분히 주관적인 것이기는 하지만 어떤 남자가 괜찮고, 어떤 남자가 별볼일 없는지, 한번 생각해보자.

데이트 약속을 했다고 하자.

만나는 장소와 만나서 무엇을 먹을 것인가, 드라이브 코스, 같이 볼 영화, 이런 것들을 미리 정해서 치밀하게 스케줄대로 움직이는 남자는 별볼일 없다. 왜냐하면 이런 남자는 데이트 그 자체의 소중함을 이해하고 있지 못하기 때문에. 따라서 치밀하게 보일진 모르나 실격이다.

그런 것은 아무래도 좋은 것이다. 중요한 건 그 여자와의 만남, 그 자체다. 어디를 가고, 무슨 영화를 보기 위해서가 아니라 그냥 상대를 보고 싶어서 만나는 것이니, 만남에 의미가 있다. 그리고 부차적으로 더불어 영화를 보고,

불고기를 먹고……. 이게 괜찮은 남자의 사고방식이다.

텔레비전 중계를 보면서 흥분하는 남자는 괜찮은 남자다. 그만큼 감동할 줄 알기 때문이다.

일반적으로 능력 있는 사람으로 인정받는 남자는 자신의 감정을 억누르는 경우가 많다. 그러나 언제나 억제할 수만은 없는 것이 인간이다.

스포츠 중계를 보며 소리를 질러 감정을 발산하는 남자. 머리가 좋은 괜찮은 남자다.

눈에 보이는 것, 들리는 것 등 모든 것에 민감하게 반응하기 때문에 일에서도 능력을 발휘할 수 있다.

스포츠 중계를 보면서도 좀처럼 감정을 나타내지 않는 남자가 있다. 스포츠 문외한이거나 아예 성격적으로 스포츠에 맞지 않는 사람일 것이다. 이런 남자는 얼핏 여자들에게는 냉정함이랄까, 차분함이랄까, 그런 면이 매력적으로 보일지 모르겠지만 그런 남자와 같이 산다면 재미없을 게 분명하다. 무엇을 봐도, 무엇을 들어도, 반응이 없는 성격일 것이기 때문에.

아내에게, 애인에게, 또는 친구에게 선물을 받았을 때 바로 그 보답을 하는 남자는 괜찮은 남자인가?

하나를 받으면 둘을 돌리고, 호의에 대해서 금방 눈에 보이는 형태로 갚는 남자, 그런 남자 또한 별로다.

정말 능력 있는 남자는 호의가 무엇인가를 알고 있는 사람이다. 어떤 남자는 대접을 받으면 바로 그 다음날 배로 대접을 한다. 물론 그것도 중요하지만 그 호의에 대한 보답은 자신이 훌륭하게 성장하는 것이다.

예를 들어 가난하고 어려웠을 때 참고 기다려준 여자에게 보답하는 것은 보다 큰 남자로 성공하는 것이다. 못 사준 옷, 반지, 이런 것들에 얽매이는 게 아니라 '우리 결혼하자!' 로 보답하는 남자가 괜찮은 남자다.

말 없는 남자는 어떤가?

잔소리하고 여자처럼 떠벌리는 남자가 간혹 있다. 말이 많다는 것은 지배적이라는 얘기다. 자기 마음대로 사람을 움직이려고 하는 남자, 그는 자신감이 부족한 사람이다. 자신이 없기 때문에 말이 많다.

반대로 침묵은 금이라고 하지만 꼭 그런 것만도 아니다. 말이 별로 없는 남자들은 신문을 보면서 식사를 한다. 텔레비전을 보면서 술을 마시고, 쓸데없는 이야기를 일체 하지 않는다. 이런 경우는 양쪽 모두 별볼일 없는 남자다.

바람을 피우는 남자는 어떤가?

말할 것도 없이 괜찮은 남자에 해당될 수 없다. 그러나 이 문제만은 좀 다른 면에서 생각해 볼 필요가 있다. 바람을 피우는 것을 용서하고, 안 하고는 별개의 문제다. 사랑하는 여자가 있으면서 다른 여성에게 눈을 돌리는 남자는 지탄받아야 한다.

남성은 원래 바람기를 갖고 태어났기 때문에 자기 여자에게 불만이 없어도 바람을 피운다. 왜 그럴까?

자기 자신을 보다 더 잘 알기 위해서라는 이유를 대는 사람이 있다. 생각해 볼 가치가 있는 이야기다.

남자는 자기 능력을 여자를 통해서 알려고 한다. 물론 책을 읽고 일을 통해서도 가능하지만 그것은 추상적이다. 여자를 통해서 구체적인 자기를 발견하고 싶은 욕구가 있다. 혼자서는 성장할 수 없기 때문이다.

남자는 여자가 없는 생활은 생각할 수도 없다. 여자가 있기에 괴로워하고, 기뻐한다. 여자는 남자에게 대단한 영향을 주는 것이다.

극단적으로 애기하면 남자는 여자가 있기 때문에 살아간다. 여자가 있기 때문에 열심히 일하고, 여자가 있기 때문에 힘이 나고, 삶이 즐거운 것이다. 여자가 없는 곳에는 남자도 없다. 그것은 여자에게 있어서도 마찬가지다.

아무리 그렇다 하더라도 무책임하게 이 여자 저 여자에게 손을 벌리는 것은 안 된다. 그것은 명예도 훈장도 아니다. 그런 남자가 바로 별볼일 없는 남자다.

그런 남자에게 대처하는 방법이 있다.

그런 남자는 자기 여자가 늘 자기를 안심할 수 있게 해주기 때문에, 그 안심감 때문에 바람을 피울 수도 있다. 다시 말해서 경우에 따라서는 남자를 불안하게 하고, 차갑게 대하는 것도 필요하다는 애기다.

사랑을 한다는 것은 자신을 닦는 것이다.

남자는 사랑을 하면 어떤 고난과 위기도 헤쳐나가는

용기가 생긴다. 사랑의 에너지를 자신의 이상을 승화시키는 데 쓸 줄 안다. 사랑하는 사람이 옆에 있다는 것만으로도.

사랑은 때로 괴로움이 되기도 한다. 그럴 때 자신이 성장하는 것 외에 괴로움을 해소할 수 있는 방법은 없다. 괜찮은 남자는 그러한 것을 알고 있는 사람이다. 그리고 자기가 선택한 것에 책임감을 갖는 사람이다. 그러한 남자가 과부족 없는 괜찮은 남자다.

능력 있는 남자, 괜찮은 남자, 별볼일 있는 남자의 뒤에는 반드시 악처가 있다. 악처들이 그렇게 만들었다는 얘기가 아니라 악처와 상대하고 싶지 않아 다른 일에 충실했다는 얘기다.

그러나 정말 괜찮은 남자는 가치 있는 일에 목숨을 바칠 수 있는 남자다. 자유라든가, 평화라든가, 국가라든가, 인류라든가, 하는 것에.

남자는 로맨티스트다. 때문에 그러한 것들을 가슴에 품고 살아가고, 그 때문에 죽을 수도 있다.

사랑을 알고, 사랑을 하고, 큰 가슴으로 로맨스를 품는 남자!

괜찮은 남자에 대해서 생각해 보는 것도 행복한 일인 것 같다.

남자들은 비겁하다

여자는 말이 많기는 하지만 할말은 확실하게 한다.
비겁하게 실현되지 못할 뉘앙스를 풍기지는 않는다.

사람은 누구나, 그리고 몇 살이 되든 사랑하는 사람이 따뜻한 가슴으로 안아 주기를 바란다. 세 살짜리든, 스무 살 청년이든, 오십 살 장년이든.

사랑하는 사람의 가슴에 얼굴을 묻고 있을 때 그의 손이 어깨를 쓰다듬어 준다면 얼마나 포근하겠는가. 일이 잘 안 되어서 우왕좌왕할 때 다정하게 안아준다면 얼마나 편안해지겠는가.

그러나 대부분의 사람들은 쓰다듬고 손을 잡아 주기는커녕 사랑한다는 말 한마디조차 제대로 안하고 지낸다.

사람은 의사 전달을 대부분 말에 의존한다.

여자 역시 남자가 하는 말에 의해서 그 남자의 마음을 읽을 수밖에 없다.

몇 년을 사귀어 온 남녀가 헤어질 때, 남자가 '좋은 관계로 남고 싶다.'라고 했다고 치자. 사랑을 잃어버린 뒤, 사랑이 끝난 뒤의 좋은 관계란 무슨 의미가 있는가? 헤어진 뒤에 좋은 친구로 지내는 건 쉽지 않다. 헤어지면 그뿐이다.

남자가 말한다. 지난 시간 동안 즐거웠다고.

그렇게 따뜻했던 손이 아무런 느낌도 없이 여자의 손을 잡았다가 놓는다. '전화할게!' 하면서.

이 말은 정작 뒤에 올 이별보다 훨씬 잔인하다.

남자들은 한 가지 말로 여러 가지 뉘앙스를 준다. 반드시 헤어지고 싶은 여자에게라도 결코 네가 싫어졌다고는 하지 않는다. 대개 '나는 자신이 없어. 반드시 나보다 더 괜찮은 남자가 나타나 행복하게 해줄 거야!' 라고 하고는 도망쳐 버린다. 그러면서 그것이 여자에 대한 배려라고 생각한다. 바로 남자들의 비겁함이다. 언뜻 따뜻함이나 배려, 약해 보이는 듯함을 가장해서 여자에게 기대를 갖게 하고는 달아난다.

남자는 여자보다 훨씬 잔인하고 비겁하다. 그리고 그 비겁함을 숨기려고 여자들에게 곧잘 이렇게 얘기한다.

"여자들은 웬 말이 그렇게 많은지, 죽으면 물 위에 입만 뜰 거야."

걱정도 팔자지.

여자는 말이 많기는 하지만 최종적으로는 확실하게 할 말을 한다. 남자들처럼 비겁하게 실현되지 못할 뉘앙스를 풍기지는 않는다.

여자도 하룻밤의 정사가 가능하다

질투하고 있는 자신에게 도취되어 질투를 사랑이라고 착각
하면 안된다. 질투의 세포는 미움이다.

남자는 바람을 피울 수 있지만 여자는 피울 수 없다는
것은 거짓말이다. 그러나 사랑하지 않는 사람과는 잘 수
없다는 애기는 맞는 애기다.

여자도 바람을 피울 수 있다. 하룻밤의 정사가 가능하
다. 다만 윤리, 도덕, 또는 용기, 상황, 기회 등의 부차적
인 것들이 불가능하게 만들 뿐이다.

요즈음 불륜붐(?)이 일고 있다.

사회 전체가 윤리 · 도덕에 대해 불감증에 걸려 있는
느낌이 든다.

사랑이라는 건 이기주의적인 감정이고, 완전하게 소유
하려는 욕망이다.

사랑은 투쟁이다. 표면적으로는 관용스런 태도를 보이
지만 내부의 감정은 용암처럼 끓는다. 반드시 괴로워하
는 과정을 거친다.

자신의 지위 또는 경제적 환경에 만족하는 사람은 별
로 없다. 그럴 때 대개의 사람들은 그 불만을 연애에서

해소하려고 한다.

남자들은 어떤 경우, 어떤 면에서든 우월한 입장에 서고싶어 한다. 그러면서도 타인과 인간적인 관계를 유지하는 것은 그 사람과 대등한 입장에 있고, 신뢰를 갖고 애기할 수 있기 때문이다. 우정이라고도 할 수 있는.

우정이 없는 연애는 두렵다.

사람을 사랑한다는 것은 그 사람의 행복을 사랑하는 일도 된다.

자기를 사랑해 주는 사람을 자기도 사랑할 경우에는 의무를 갖게 한다. 상대방도 자기처럼 행복해지게 하지 않으면 안되는.

상대를 받아들이는 것은 인간의 특성이 아니라 본능이다. 그리고 따뜻함은 내적인 힘과 밀접한 관계가 있다.

연애는 애정, 이해를 가지고 사람을 아끼는 것이다. 소중하게 여기고 존경하는 것이다.

사랑의 행위는 쾌락의 행위다. 쾌락은 육체와 정신이 조화를 이룰 때 온다.

연애가 시작될 때는 언제나 멋있다. 과정은 더 멋있다.

지속적인 사랑의 연애가 좋다. 몸의 접촉이 없이도 머리로, 가슴으로……. 혹시 파국이 되어 상처가 남더라도 그것은 사랑이라는 이름으로서의 훈장이다.

인간은 무엇이든지 소유하고 싶어한다. 무엇이든 뺏으려 한다. 돈, 지위, 일. 그래서 타인에게 한 치의 자유조차 주려하지 않는다. 타인의 행복은 뒤로 하고 오로지 자기만 생각한다. 겁나는 일이다.

사랑은 신뢰다.

질투를 기초로 하는 사랑은 투쟁이므로 의미가 없다. 질투하고 있는 자신에게 도취되거나 질투를 애정 표현의 하나라고 생각해서는 안 된다.

질투라는 게임은 어떤 경우에도 할 필요가 없다.

사랑에서 배신당해도 어쩔 수 없다. 배신한 쪽도 괴로운 건 마찬가지다.

많은 사람들은 사랑의 절정을 바라고, 그것을 이루기 위해서 질투를 이용한다. 그러나 질투에 의지하면 정열이 되살아나는 것이 아니라 오히려 사랑만 죽어버리기 쉽다.

어느 한쪽이 바람을 피우면서 사람들에게 그 얘기를 자랑삼아 하거나 상대가 없는 사이에 상대를 비웃는 것이야말로 진짜 배신이다. 만일 바람 피우는 상대를 이쪽의 친구들에게 데려온다면 거기에는 대단히 모욕적인 의도가 숨겨져 있다. 그것은 용서할 수 없는 일이다.

188

많은 여자들이 미키 루크 같은 남자라면 연애해 보고 싶어한다. 《허트비트》의 폭탄광인 청년역. 《이어어브 더 드라곤》의 차이나타운의 형사역. 《나인하프》의 새디스틱한 성격을 가진 미스테리하고 섹시한 남자를 연기한 미키 루크.

그 미키 루크와 카페 바에서 눈이 마주치고 두 사람만이 알 수 있는 미묘한 사인이 오고 간 뒤 은밀하게 나누는 정사를 꿈꾼다.

센스도 지혜다

옷을 센스 있게 입는 것은 누구든 가능하다. 그러나 마음의
센스를 갖는 건 하루아침에 되는 게 아니다.

센스 있는 남자는 매력적으로 보인다. 이상한 조화다.
물론 옷차림 같은 평범한 센스가 아니라 차원이 높은 마
음의 센스다.

옷을 센스 있게 입는 것은 누구든 노력하면 가능하지
만 마음의 센스를 갖는 건 하루아침에 되는 게 아니다.
그건 감성의 재능이기에.

남자가 여자에게 선물을 할 때 무엇을 선물하는가에
따라 그 남자의 마음의 센스를 알 수 있다. 센스가 없으
면 최고급품의 선물이라고 해도 품위가 없다. 돈 자랑만
하는 것 같다.

반대로 돈에 상관 없이 마음의 센스가 엿보이는 경우
가 있다.

돈도, 지위도, 명예도 없어 대단한 것을 선물할 수는 없
지만 '일곱 송이의 수선화를 선물할게. 나의 사랑의 증
거로……' 하고 보내는 몇 송이의 꽃에 여자들은 까무
러친다. 그런 남자에게 여자들은 의외로 약하다. 그가 미

남이 아닐지라도. 그리고 부자가 아닐지라도.

'일곱 송이의 수선화를 당신에게'라는 말 한마디에는 여자를 감동시키는 마취제가 들어 있다.

하지만 마음의 센스가 없는 남자는 그런 흉내도 낼 수 없다. 그 위력을 알지 못하니까.

영화 《랫즈》에서 워렌비티가 동거하는 다이안 키튼에게 보내는, 허름한 끈으로 아무렇게나 묶은 백합 꽃다발도 그런 위력을 발휘한다.

그런 의외성을 갖는 꽃을 선물한다는 건 한국 남자에게는 좀처럼 불가능하다. '미쳤냐? 클레오파트라도 아닌 여자에게 주머니 다 털어서 쓸데없이 꽃을 사 주게. 그 돈이면 차라리 소주에 삼겹살 먹겠다.'는 식으로 생각하는 남자에게 마음의 센스 얘기는 꿈속에서도 꿈이다.

이별이라는 것

이별은 영원한 속박이 될 수 있다.
서로 할퀴고, 상처주고, 상처받는 것보다는 내숭이라도 떨
면서 아무렇지 않은 듯이 헤어지는 것이 낫다.

좋은 영화에는 '반드시'라고 해도 과언이 아닐 만큼 멋있는 이별의 장면이 있다.

영화 《카사블랑카》도 그렇다.

그 영화에서 이별 장면은 비행장에서 전개된다. 험프리 보가드는 잉그릿드 버그만을 진심으로 사랑하면서도 그녀의 남편과 함께 보낸다. 요즘 시각에서 본다면 내숭이다. 그러나 그것이야말로 극단의 댄디즘이고, 나르시시즘이라는 생각이 든다.

그렇게 보내진 여자는 자기와 남편을 도와주고, 달아나게 해 준 보가드를 평생 잊을 수가 없다. 혹, 여자에 따라서는 그의 그런 희생을 폼잡고 내숭 떨었다는 식으로 해석하고 금방 잊어버릴지도 모른다. 그러나 그녀는 분명 남은 생애 동안 자신을 떠나 보낸 보가드의 슬픈 눈을 잊지 못한 채 살아갈 것이다. 영화에서 묘사된 시간뿐만이 아니라 그 후에도, 그 후에도……

좋은 이별은 영원의 연대이며 속박이다. 주문의 힘으

로 꼼짝 못하게 하는.

등장인물들끼리는 물론이고 작품과 관객의 관계에 있어서도 마찬가지다.

이상하게도 다른 장면은 모두 잊어버려도 이별의 장면만큼은 선명하게 남는다.

해피엔드는 그 당시에는 행복감에 젖어들게 하지만 여운은 길게 남지 않는다. 인상적인 이별의 장면이야말로 영원히 기억하게 하는 최고의 방법인지도 모른다.

이혼이라든가 친구와의 이별, 부모와의 사별, 작게는 금세 만나 악수를 하고 헤어지는 것까지 이별에도 여러 가지의 형태가 있다.

두 번 다시 만날 수 없다고 느끼는 상대와의 이별에 우리들은 과연 어느 만큼 회생할 수 있는가?

사회적인 지위가 있는 사람의 집엔 개가 죽어도 조문객이 줄을 선다. 그러나 정작 그 본인이 죽으면 줄의 반이 준다고 한다.

아무리 친하고 깊은 사이라 해도 다시 볼 수 없는 사별인 경우, 사람들은 계산을 하게 된다.

만일 영원한 이별이라고 했을 때 정말로 많은 회생을 할 수 있다면 그것이야말로 애정이 깊었던 증거라고 할 수 있지 않을까? 육친의 경우에는 그것이 가능하지만 보통의 인간관계에서는 어려운 일이다.

그래서 《카사블랑카》의 이별 장면이 멋있다는 얘기다. 현실적으로는 불가능한 장면이니까. 보가드는 오기(?)의

미학을 완수했다.

　그러나 보통사람들은 오기의 미학보다 에고가 우선한
다. 자기를 위한 계산이 앞서는 것이다.

　여자와 남자의 이별인 경우 수라장이 되어 서로 할퀴
고, 상처 주고, 상처받는 것보다는 험프리 보가드처럼 차
라리 내숭이라도 떠는 것이 훨씬 낫다. 사랑하기 때문에
보낸다는 식으로. 그것이 남자의 댄디즘이다.

　그러나 누가 뭐라고 해도 진짜로 멋있는 이별은 영원
한 속박이 된다.

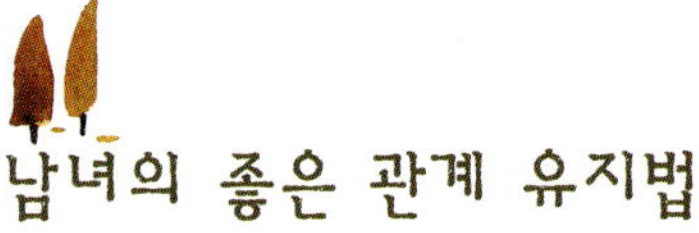

남녀의 좋은 관계 유지법

남녀의 좋은 관계는 사랑에 빠지는 것보다 좋은 친구관계처럼 가까운, 그리고 일정한 거리를 유지하는 게 이상적이다.

194

이 세상에 행복한 결혼이 존재할까? 좋은 결혼이 단 하나라도 이루어지고 있는가?

타인의 결혼 생활을 외견으로는 알 수 없지만 누구든지 결혼생활을 한 꺼풀 벗기고 보면 아내도 남편도 불행한 얼굴들을 하고 있는 경우가 많다.

한지붕 밑에서 여자와 남자가 함께 산다는 것은 행복일 수도 있지만 반대로 불행일지도 모른다.

서로 좋아할 때는 좋다. 사랑을 해서 결혼을 하고, 매일 매일이 장밋빛으로 보일 때는 진절머리날 만큼 옆에 달라붙어 있어도 모두 애정으로 받아들여지고, 기쁘게 생각된다.

그러나 두근거림도, 장밋빛 나날도 짧은 시간이다. 언젠가는 끝이 난다. 곰보도 보조개로 보이는 단계가 지나면 나쁜 점이 나쁜 점으로 확실하게 보여지기 시작한다. 그때 남자의 입장에서 아내가 찰싹 달라붙어 있으면 어떻게 느낄까? 귀찮아질 것이다. 텁텁하고 무겁게 느껴질 것이다.

그렇게 되면 남편은 아내가 있는 집에서 도망치고 싶어진다. 가능한 한 아내와 얼굴을 마주치지 않으려고 늦게 집으로 돌아온다.

남자들은 그렇다. 끝까지 방랑아다. 격렬하게 사랑을 하고, 그리고는 다시 다른 모험을 찾아 떠나 버린다.

남자가 돌아오는 것을 무한정 기다리는 것은 여자로서 참으로 괴롭다.

상대방의 자유를 존중하는 데는 애정이 필요하다. 상대가 스스로 떠나려고 할 때, 보내는 사람에게는 강함이 필요하다. 용기가 필요하다.

여자가 조금 더 자기 자신을 고독하게 몰아세우면 어떨까? 하루에 한 번 정도 자신을 고독한 상태에 몰아넣어 보면 의외로 자유의 실체가 보인다.

자유의 실체를 바로 알고, 남자와의 거리를 일정하게 유지하게 되면 훨씬 편안해질 것이다.

여자와 남자의 좋은 관계란 사랑에 빠지는 것보다 좋은 친구 관계처럼 가까운, 그리고 일정한 거리를 유지하는 게 이상적이다.

언제 변해버릴지도 모르는 애정보다도 시간이 더해 갈수록 깊어가는 우정으로 생각을 바꾼다면 항상 좋은 관계를 유지할 수 있다.

질투는 사랑에서 출발해서 비극으로 끝난다.

질투는 상대방에 대한 자신의 에고다. 결코 사려 깊지 못한
인간적인 감정에 지나지 않는 것이다.

여자와 남자, 어느 쪽이 더 질투심이 강할까?

여자 쪽이라고 생각하기 쉽지만 의외로 남자 쪽이 훨씬 더 강하다.

여자의 질투는 시샘하는 정도의 것이지만 남자의 질투는 비겁하고, 추하며, 남자답지 못하고, 지저분하다.

한 남자가 일방적으로 사랑하던 여자가 있었다. 그런데 여자는 이미 교제하고 있는 남자가 있어 남자의 일방적인 사랑을 받아줄 수가 없었다. 그러자 그 남자는 여자가 사랑하는 상대를 찾아가서 자기가 저 여자와 잤다고 말해서 죽을 쑤게 만들어 버렸다. 질투의 비겁함이다.

질투는 적당히 할 때 아름다운 것이지 도가 지나치면 추하다. 산뜻할 수 없는 감정이다.

《침입자》라는 프랑스 영화가 있다.

남자의 질투를 그린 영화다. 본래 주제는 사랑이지만 그 사랑은 질투를 낳고, 질투는 살인의 동기가 된다.

작가인 독신 남자 주인공이 자신의 출판기념회 파티에서 한 여자를 만난다. 남편이 있는 여자를.

둘은 첫눈에 서로 사랑에 빠진다. 불륜의 관계다.

두 사람은 주위의 눈을 피하면서 밀회를 거듭한다.

정열은 장애가 있을 때 더욱 타오르는 것.

헤어져야 하는 시간을 걱정해야 하기에 함께 있는 시간이 더욱 소중하고, 남편 곁으로 돌아가야 한다는 사실이 여자를 한층 더 정념에 불타게 한다.

두 사람은 떳떳하게 상대방을 소유할 수 없어 절망한다. 여자는 불륜의 남자를 갈구하면서도 남편 또한 쉽게 버릴 수 없다. 더불어 버려야 할 명예, 지위, 부가 아까워서다.

매번 남편 곁으로 돌아가는 여자를 질투하는 남자는 급기야 여자에게 이혼할 것을 종용한다.

여자는 남편에게 돌아가는 것은 그저 습관적인 일상일 뿐이고, 이미 남편을 사랑하지 않는 자신은 남편에게 있어서 빈 껍데기라고 얘기해도 남자는 설득되지 않는다.

머릿속에 소유욕과 망상만이 가득 찬 남자의 이성은 뒤죽박죽이 된다. 남자는 자기와 사랑을 나누고 돌아가서 또다시 남편과 사랑을 나누는 여자의 모습을 상상한다. 여자가 꾸미는 남편을 위한 식탁, 식사의 메뉴, 거실의 커튼, 꽃병에 꽂혀 있을 꽃, 남편을 위해 챙겨 놓은 와이셔츠와 양복, 남편과 살고 있는 그 여자의 집, 정원의 잔디, 그리고 자기가 모르는 다른 부분에까지.

남자는 질투의 화신이 된다.

도가 심해진 남자는 한 줄의 글도 쓰지 못하고, 오로지 자기와 떨어져 있는 동안의 여자에 대해서 망상하는 것으로 시간을 보낸다. 그러나 여자는 남자의 상상과는 너무도 다른 생활을 한다.

그냥 돌아올 뿐인 집.

건조하고 물기 없는 마치 지옥과 같은 생활.

남편을 위해 식탁을 꾸미는 일도 없고, 양복에 다림질을 하는 일도 없다. 정원의 잔디도 무의미하고, 커다란 저택도 공허할 뿐이다. 남편과 어쩌다 마주치는 눈길이 괴롭고 무섭다.

잠자리도 거의 하지 않지만 어쩌다 살이라도 스치면 소름이 끼치고, 구역질이 날 것 같다. 여자는 종일 멍하니 앉아 있거나 그야말로 죽은 것처럼 지낸다.

여자는 드디어 결심을 한다. 자신의 감정에 솔직하리라고. 남편이나 밀회하는 남자를 위해서가 아닌 자기 자신을 위해서 애정이 없는 생활을 청산하리라고.

여자는 생각한다. 사랑은 하나인 것이라고. 그러기에 몸이 있는 곳에 마음이 있어야 하고, 마음이 있는 곳에 몸이 있어야 한다고.

어느 한 밤 여자는 남편의 서재를 노크한다. 그리고 꼬냑을 한 잔씩 앞에 놓고 어색하게 남편과 마주 앉는다. 여자는 자신에 대해서 솔직히 얘기를 하고 헤어져 줄 것을 절실하게 부탁한다. 그리고 남편의 서재에서 나온 여자는 자기가 임신한 사실을 안다.

여자는 기쁨과 흥분으로 범벅이 되어 불륜의 남자에게 달려가 들뜬 목소리로 말한다. 당신의 아이를 가졌다고.

그러나 질투심의 불이 붙은 남자는 품으로 달려드는 여자를 밀쳐내며 차갑게 소리친다.

"그건 내 애가 아니오."

그리고는 준비했던 총으로 여자를 쏘아 버린다.

여자와 만날 수 없었던 24시간이 남자를 미치게 했던 것이다.

남자는 여자가 남편과 관계를 청산하기 위해 괴로워했던 시간을 망상으로 망쳐버리고 있었다. 때문에 살인자가 된다.

영화는 남자가 경찰서로 끌려가는 것으로 끝이 나지만 관객들은 가슴이 아파서 자리를 뜰 수가 없다.

그 영화에서 가장 인상 깊은 장면은 남자가 여자를 쏜 뒤 깊은 안도의 숨을 쉬는 장면이다.

질투를 낳은 에고ego에서 해방되는 방법이 그렇게 상대방을 몰락시켜 버리는 극단적 행위 말고는 달리 다른 방법이 없었던 것일까 하는 의문이 남는다.

질투는 상대방에 대한 자신의 에고다. 그것은 결코 사려 깊지 못한 인간적인 감정에 지나지 않는 것이다.

질투심의 뿌리를 캐내보면 대수롭지 않은 경우가 대부분이다.

예를 들어 남자 친구한테서 밤 열시에 전화를 하겠다는 약속을 받았다 치자. 그런데 새벽 한시까지 전화가 없다. 이럴 때 여자는 상대방에 대해 이런저런 상상을 부풀리고 망상 때문에 괴로워한다. 괜스레 상대방의 시간에 대해서. 그것도 에고에서 생기는 것이다.

약속한 시간에 전화가 안 왔다고 해서 부글대지 말고 평온을 찾으면 된다.

질투도 따지고 보면 사랑하기에 생기는 것이다. 사랑을 하면 질투가 생기고, 사랑이 깊으면 깊을수록 질투도 따라서 깊어진다.

질투는 적당히 하면 양념이 되지만 지나치면 파멸뿐이다.

소설 《위험한 관계》

사랑은 본능을 더 불태우게 한다.
그것은 너무도 아름다운 독약이다.

〈돈판〉은 실존의 인물이 아니다. 원래 스페인 연극의 주인공이었는데 나중에 이태리의 희곡에 등장했다가 프랑스에 건너가 모리엘에 의해 다시 소설로 쓰여진 창작상의 인물이다.

영국의 바이런도 그를 시로 묘사한 적이 있다.

이 가공의 인물을 현실로 살아간 인간들이 있다.

18세기 말 프랑스에서 리베르땅이라고 불리운 유혹자誘惑者의 한 무리다. 그들은 최고로 저항이 강한 상대만을 상대했다. 공격하기 쉬운 마을이나 시골은 그들의 정복 대상이 아니었다.

카사노바가 엽색가(변태적으로 분별없이 여색을 탐하는 사람)인데 비해 돈판은 보통 유혹자라고 얘기한다.

그는 카사노바처럼 무너뜨리기 쉬운 여자를 내 것으로 하지 않았다. 그가 목표로 한 여성은 아주 저항력이 강하고 기가 센, 귀품 있는 궁정이나 살롱의 귀부인들이었다.

알다시피 18세기 유럽의 살롱 귀부인들은 연애심리와

기술에 통달해서 쉽게 남자에게 복종하지 않았다.

그녀들은 남자들의 유혹을 기묘하게 빠져 나가고, 때로는 조소했다. 돈판은 그런 여성만을 목표로 삼았다.

라크로가 귀족사회를 그린 소설 《위험한 관계》라는 작품이 있다. 200년 전에 쓰여진 작품이다. 프랑스 혁명 200주년 기념으로 얼마 전 영화로도 만들어 소개된 바 있다.

그 작품은 언뜻 보기에는 호색문학처럼 보이지만 잘 읽어 보면 인간 수양서임을 알 수 있다.

유혹자들은 저항이 강한 여성을 함락시키기 위해 여성의 심리를 구석구석까지 통달한다. 어떤 경우에도 자신의 감정을 억제하고 상대의 미묘한 마음의 움직임까지 관찰한다. 그들은 흔히 얘기하는 바람둥이라든가 플레이보이하고는 차원이 다르다.

자신이 먼저 감정에 빠지지 않고 여성의 마음을 꿰뚫어보기 위해서는 관찰, 억제, 통달이라는 세 가지 능력을 갖고 있어야 한다.

그들은 자신의 행위로 인한 사회적 벌이 기다리고 있음도 알고 있었다. 또 성경을 부정하는 것이어서 그로부터 받는 재판도 각오하고 있었다.

사랑은 본능을 더 불태우게 한다.

그것은 너무도 아름다운 독약이다.

《위험한 관계》는 이 명확한 사실을 너무도 극명하게 보여준다. 사랑에 의해서, 본능에 의해서, 복수에 의해서.

종국에는 사랑의 진실에 의해서 복수당한다는 역설로.

사랑을 하면 바보가 된다

누군가를 사랑하는 것은 괴롭고 고독하다.
사랑은 그만큼 복잡하다.

누구나 사랑을 하게 되면 영화 속의 주인공들처럼 멋있게 하고 싶어한다. 사랑하는 사람 앞에서 더 멋있어 보이고 싶은 것은 당연한 욕망이다.

사랑하는 사람과 싸웠을 때도 가능하면 너그럽고 포용력 있는 자신을 보여주고 싶은 것이 공통의 심리다. 그러나 그것이 어렵다. 포용력을 보이기는커녕 토라지고, 치사해지고, 꼴불견이 되고 만다.

사랑하게 되면 질투도 따른다. 아주 작은 일도 용서할 수 없어진다. 어째서 그처럼 째째해지고 꼴불견이 되고 마는가? 왜 좀더 관대하고 멋있게 못하는가? 그러는 자신이 한심스럽다고 느끼면서도…… 정말 꼴불견이다.

그런데 그런 꼴불견이야말로 진짜 사랑이 아닐까? 정말 사랑하게 되면 꼴불견이 되는 것이다.

만일 당신의 애인이 당신 앞에서 그런 꼴불견이라면 그것은 포용력이 없는 게 아니라 당신을 진심으로 사랑한다는 증거다. 반대로 멋있는 얘기만을 하고 있다면 그것은 당신에게 빠져 있지 않다는 증거다. 때문에 다른 사람에게도 그렇게 하고 있을 가능성이 많다.

순애純愛는 멋과 포용력의 산물일 수도 있지만 꼴불견이 될 수도 있다.

사랑을 하면 괴로운 것이다. 사랑이 깊어질수록 괴로움도 깊어진다. 그런데 어떻게 엉망이 되지 않고 의젓하게 폼잡고 있을 수 있는가?

사람들은 혼자 있는 것이 외롭고 괴롭다고 한다.

천만에다. 혼자 있는 것이 외려 편하다. 누군가를 사랑하는 것이 훨씬 괴롭고 고독하다. 단순히 외롭고 애달퍼서 괴롭다는 뜻이 아니라 훨씬 더 복잡하다는 뜻이다.

상대방을 알면 알수록, 이해하면 이해할수록, 잡힐 듯 잡힐 듯하면서도 잡히지 않고, 또 상대방이 잡히면 오히려 잡히지 않았으면 하고 바라는 모순된 생각이 들 수도 있다. 그러는 동안에 여러 가지 과정을 거치면서 더 강하게 맺어지기도 하지만.

당신 앞에서 한없이 꼴불견인 사람과 폼 좋은 사람이 있다고 하자. 그럴 때 폼 좋은 사람을 택하는 것은 잘못이다. 사랑하는 사람 앞에서 꼴불견으로밖에 있을 수 없는 것은 그만큼 진실되고, 그만큼 절실하기 때문이다.

정말 사랑을 하게 되면 사랑하는 사람 앞에서는 엉망이 되고 마는 것이 원칙이다.

사랑을 하면 바보가 된다는 말은 있어도 사랑을 해서 똑똑해졌다는 말은 없다.

약속을 버리는 남자

거짓말도 여러 종류가 있다. 좋게 보이고 싶어서 하는 거짓
말, 상대를 위해서 하는 거짓말, 상대에게 상처 주고 싶지
않아서 하는 거짓말. 모두 간교한 수작이다.

　남자는 곧잘 장기형의 약속을 한다. '죽을 때까지 너만
을 사랑할 거야!' 라든가, '언젠가 꼭 너를 행복하게 해
줄께!' 하는 식으로.

　'죽을 때까지' 라든가 '언젠가' 라는 말이 문제다.

　이 장기형 약속에 모순과 함정이 있다. 장기형 약속은
거짓말은 아니라 하더라도 거의 실현 불가능에 가깝기
때문이다.

　사람이 약속을 하면 기대를 하게 된다. 기대는 괴로움
을 수반한다.
기대라는 것은
십중팔구 어긋
나기 때문이
다. 애당초 약
속이 지켜져도
좋고, 그렇지
않아도 좋다고

생각했을 때에는 약속이 지켜지면 기쁘다. 그러나 꼭 지켜질 것이라고 생각했다가 어긋나면 슬프고, 괴롭다.

여자는 자기가 사랑하는 남자의 말을 약속으로 받아들이는 경우가 많다. 그리고 기대한다. 그러나 슬프게도 연애할 때의 남자는 대개 거짓말을 많이 한다.

거짓말에도 여러 가지가 있다. 좋게 보이고 싶어서 하는 거짓말이 있고, 상대를 위해서 하는 거짓말이 있으며, 상처 주고 싶지 않아서 하는 거짓말, 등등이 있다.

사랑에 빠져 있는 여자는 남자의 진의를 잘 모르기 때문에 비극의 주인공이 된다.

남자들은 여자와 약속을 해 놓고 무책임하게 기다리게 하는 경우가 있다. 전화 한 통 없이. 그러면 당연히 기다리다 지친 여자가 대든다. 전화 한 통 해 주는 것이 그렇게도 힘이 드냐고. 남자는 피치 못할 급한 일이 있었다고 발뺌한다. 그래도 화가 안 풀려서 더 따지면 남자에게는 돌발적인 일이 있을 때가 있는 거라고 못을 박는다.

"돌발적인 일요? 거짓말쟁이."

그 말에 열받은 남자,

"거짓말쟁이라고? 뭐가 거짓말이라는 거야?"

"약속을 안 지켰으니까 거짓말이지."

"지킬려고 했어. 그런데 어쩔 수가 없었다고."

"지킬 생각이 없는 약속을 거짓말이라고 하는 거야. 결국 약속을 안 지켰잖아? 같은 얘기지 뭐."

이 대화대로라면 남자는 피할 수 없는 돌발사고, 급한

일들이 자주 일어나는 동물이다.

　그러나 정말로 연인을 몇 시간이고 기다리게 하거나 결혼 약속까지도 어기게 할 만큼의 중대한 이유가 있는 것일까? 남자는 그렇다고, 사실이라고 여자를 세뇌시킨다. 그러나 진심으로 약속을 지키려고 들면 못 지킬 약속은 없다. 그럴 마음이 없기 때문에 어긋나는 것이다.

　문제는 정열이다.

　약속을 어기는 것은 더 좋은 다른 일이 있기 때문이다. 기다리고 있는 여자보다도 새롭게 안 여자 쪽이 훨씬 스릴이 있고, 매력이 있기 때문이다. 연인에게 전화 한 통화 하는 것조차 그만둘 만큼.

　한두 번이면 모르지만 서너 번 약속을 어긴다면 그것은 이미 끝난 얘기다. 그렇게 생각하는 것이 좋다.

　'나는 평생 당신만을 사랑할 거야!' 라는 남자의 약속은 섣불리 믿지 않는 것이 좋다.

　남자는 기왕 약속을 했다면 차라리 끝까지 속이는 것이 좋을지도 모른다. 꿈이라도 깨지지 않게. 그러면 최소한 버려진 약속은 안 될 테니까.

남자의 가장 큰 기쁨은 여자의 자존심을 만족시키는 데 있다.
－B. 쇼

옛정

사랑의 노예, 남자

여자가 이별을 선언할 때

남자가 유아적이면 여자는 절망한다.
괜찮은 남자가 되려면 의지가 강해야 한다.

요즘에는 여자가 강해진 것인지 아니면 남자가 약해진 것인지 예전과는 달리 이별을 여자 쪽에서 선언하는 경우를 종종 본다.

먼저 '헤어지자'는 표현을 때로는 당당하게, 때로는 밝고 산뜻하게, 때로는 신경질적으로, 그리고 거침없이 한다. 형태야 여러 가지가 있겠지만 어쨌든 말을 꺼내는 쪽이 여성인 경우가 많아졌다는 애기다.

여자는 이별을 선언하고나면 당당하고 결코 뒤를 돌아보지 않는다. 변명도, 설명도 필요없다. 옛날 가수 현미가 불렀던 노래, 〈떠날 때는 말없이〉처럼.

놀라는 것은 당연히 남자다.

그러면 어떤 타입의 남자들이 여자에게 이별을 당하는가? 대개의 경우 패턴은 정해져 있다.

연령, 직업, 외모, 남자로서의 자세, 여자에 대한 사고방식에 거의 공통분모가 성립된다.

우선 지나친 자신감이다. 자신감을 갖는 것은 좋지만

자만심이 강한 남자, 그것도 특히 여성에 대해 일방통행인 남자, 여자의 참모습을 전혀 보려 하지 않는 남자가 그렇다.

다음은 깍쟁이. 거기에 자기만 좋으면 그만이라고 하는 이기주의자, 약속을 못 지키는 남자, 상대 쪽에서 약속을 깨도 아무런 상처도 받지 않는 남자, 허영심 많고 잘난 척하는 남자, 이중인격에 아니꼽게 구는 남자도 목록에 든다.

끝으로 유아적 성향이 강한 남자도 그렇다. 남자가 가끔 어리광을 부리는 건 그런대로 귀엽게 봐줄 수 있지만 도가 지나치면 아니올씨다.

여기서 남자의 유아성에 대해서 애기를 해보자.

옛말에 한 살 많은, 즉 연상의 여자와 사는 것은 큰 복이라는 애기가 있다. 물론 남자 쪽에서의 애기다. 그러나 여자 쪽에서 보면 고난이다.

여자가 나이가 많다고 해서 남자가 여자에게 한껏 어리광을 부리고 정신적, 경제적으로 의지를 한다면 곤란하다.

연상의 여자는 헤어질 때도 시원스럽다. 경제적으로 능력이 있을 테니까 여러모로 편한 점도 있다.

나이 차가 벌어지면 벌어질수록 여자는 보이지 않는 고랑(쇠고랑)을 차는 결과가 된다. 반대로 연하인 남자는 자유롭다. 여유가 있다. 때문에 그 고랑에서 벗어나려고 노력하는 것은 여자다. 남자는 그저 차갑고 냉정한 시선으로 쳐다볼 뿐이다. 전혀 아무런 노력도, 도움도 없이. 오직 여자보다 연하라는 이유 하나만으로 그런 꼴을 즐기는 입장에 선다.

그러다가 남자는 어느날 갑자기 나락으로 곤두박질치게 된다. 느닷없이 여자로부터 헤어지자는 선언을 받게 된다.

'설마 이 아주머니가……'
하고 놀라지만 그때는 이미 늦다.

연상의 관계라 해도 남자가 유아적이 아닌, 인간 대 인간으로서의 정상적 관계였다면 여자한테서 이별을 선언받지는 않을 것이다.

여자한테서 이별을 선언받는 남자는 한심스럽다. 꿈이 없다. 센스가 없다. 인간성의 결핍이다. 아무리 미남이고, 재능이 있다 해도 남자의 유아적 기질에 맞춰 가며 매달릴 여자는 없다. 남자의 숫자가 그렇게까지 모자라지 않다. 아니 거치적거리는 게 남자다.

남자가 성숙해지고 '괜찮은 남자'로 있을 때 여자들은 더 부드럽고 여성다워질 것이다.

남자의 자존심

남자는 남자다워야 한다.
자존심에 상처 입는 것을 수치로 알아야 한다.

결혼하지 않는 여자, 아이를 낳지 않는 아내가 많아지고 있다. 때문에 결혼을 못하는 남자, 아버지가 되지 못하는 남편도 늘고 있다

무슨 대책을 세워야 하는 게 아니냐고 야단이다. 그러나 당사자인 젊은이들은 관심이 없다. 문제다.

남자들은 오스おす의 힘, 수컷의 매력을 잃어버렸다.

한편, 여자들은 자신들이 강해짐에 따라 남자들에게 의지하려는 마음을 버렸다. 여자가 그렇게 되니까 남자가 수컷의 힘을 잃었는지, 남자가 그렇게 되니까 여자가 강함을 갖게 되었는지, 아리송하다.

하여튼 현대의 남자는 여자에게 절실히 필요한 존재가 아니게 되었다. '연인만 있으면 남편은 없어도 좋다.'고 하는 강한 여자들이 늘어나고 있다. 아이의 아빠가 없어도 혼자서 키우면 그만이라고 하는 여성도 나타났다.

남자의 능력은 마멸되어 버렸는가? 여자를 획득하기 위해 끓던 피는 어디에 갔는가?

예전의 남자는 늑대였다. 그러나 지금은 얌전한 양이 되어 있다. 그래서 여자는 남자를 깔보고, 방심한다.

과연 이대로 좋은가?

남자든, 여자든, 젊은이들은 즐거움만을 추구한다. 그들에게 있어 고생이나 노력은 악덕과 같다.

결혼생활을 하려면 어쩔 수 없이 일부의 자유를 포기해야 한다. 그런데 자유와 사치의 맛을 이미 알아버린 여자가 다시 그 안으로 들어가지 않으려 하는 것은 당연한 일일지도 모른다.

이 땅의 남자들은 여자에게 지배당해서 무기력해지는 것을 부끄럽게 생각해야 한다. 스스로 남자의 자존심을 지켜야 한다. 자존심에 상처입는 것을 수치로 알아야 한다.

그러면 남자의 자존심이란 어떤 것인가?

길게 말할 필요 없이 남자다워야 한다는 것이다.

남자답다는 것은 강하고, 따뜻한 것, 바로 그것이고.

사랑의 힘

심프슨 부인을 사랑한 영국의 황태자 윈저 공은 '나는 사랑하는 여성의 도움과 뒷받침 없이는 국왕으로서의 중책과 의무를 수행하는 일이 불가능하다' 라며 국왕의 자리를 버렸다.

세계사를 바꾼 클레오파트라는 절세의 미인이었다. 그러나 영국의 황태자 윈저 공公이 국왕의 자리를 버리면서까지 사랑한 여자는 미인도 마니고 젊지도 않았다. 게다가 한 번 이혼한 여자였다. 그녀는 미국의 월리 심프슨 부인이었다.

두 사람은 1930년 겨울 어느 주말 파티에서 운명적으로 만났다. 핸섬하고 독신인 황태자 윈저 공은 유럽의 왕녀들은 물론 전세계 뭇 여성들의 선망의 대상이었다. 그런 황태자의 마음을 빼앗은 심프슨 부인은 솔직하고 자연스러운 태도, 따뜻한 분위기, 그리고 유머센스를 지닌 여자였다.

첫 대면의 짧은 대화 속에서 황태자는 지금까지 자기가 만난 여성들에게서는 볼 수 없었던 그 무엇을 그녀에게서 발견했다.

그녀는 잘 웃었다. 그것도 표정을 그대로 보여주며 유쾌하게 웃었다. 그리고 자신만 웃는 게 아니라 주위의 사람들까지도 웃게 만드는 재능이 있었다.

두 사람을 맺어 준 것은 그 웃음이었다. 그들은 어떤 장소에서도 많은 웃음을 공유했다. 그러면서 점점 헤어질 수 없는 사이가 되어갔다.

황태자는 그녀와 함께 있으면 마음이 평온하고 포근했다. 그렇지만 그는 평범한 보통의 남자가 아니라 한 나라를 상징하는 국왕이 될 사람이었다.

그녀도 자유의 몸이 아니었다. 다른 남자에게 소속된 여자였다.

1936년, 부왕 조지 5세가 죽자 황태자는 에드워드 8세로 왕위에 오르게 되었다. 그는 국민의 신망을 저버릴 수도 없고, 심프슨 부인과의 사랑도 포기할 수 없었다.

심프슨 부인 역시 영국은 전통적으로 이혼한 여자를 왕비로 맞이하지 않는다는 것을 알고 있었다. 두 사람은 깊은 딜레마에 빠졌다.

심프슨 부인이 걱정스런 표정으로 말했다.

"당신이 왕위를 버린다면 영국 국민은 국왕에게 버림받았다고 생각할 테고, 따라서 모든 영국 국민, 아니 전 세계의 사람들이 나를 증오할 것입니다."

"그러나 나는 당신 없이는 국왕으로서의 임무를 하루도 해낼 수가 없소."

"그냥 지금처럼 만나주시면 되지 않습니까?"

"나는 그 누구와도 당신을 공유하고 싶지 않소."

결국 그녀의 이혼 사실이 밝혀짐으로써 전세계가 흥분

했다. 두 사람은 곧바로 결혼 준비를 시작했다

영국 국민은 아연해 했다. 영국 법률은 국왕과 이혼력이 있는 여성과의 혼인을 인정하지 않았다.

내각은 국왕이 심프슨 부인을 포기하지 않는다면 총사퇴하겠다고 압력을 가했다.

국왕은 심프슨 부인을 포기하든가, 아니면 국왕의 자리를 버리든가 하는 선택만이 남아 있었다.

국왕은 '만일 나라가 우리의 결혼을 인정하지 않는다면 나는 퇴위하겠노라.' 고 발표했다. 그러자 당시의 수상 볼드윈이 눈물을 흘리면서 최후로 호소했다.

"저의 부탁이자 내각의 부탁입니다. 우리들의 국왕으로 있어 주십시오."

국왕이 대답했다.

"미안하오. 나는 그녀와 결혼할 작정이오."

1939년 12월 10일, 마침내 에드워드 8세는 퇴위 선언서에 서명했다.

"나는 엄숙히 나 자신과 나의 자손이 왕위를 버리는 결정을 했습니다."

그가 국왕이 된 지 꼭 삼백이십오일과 열세 시간 오십칠 분이 되는 시각이었다.

영국 국민들은 실망한 나머지 침묵했다. 국왕이 미국의 한 여자 때문에 국민을 버렸다는 것에 대해.

심프슨 부인은 세계의 적이 되어 버렸다.

국왕은 즉각 영국을 떠나야 하고, 적어도 2년간은 영국에 돌아와서는 안 된다는 선고를 받았다.

윈저 공은 국민에게 라디오로 작별인사를 고했다.

"수 시간 전 나는 국왕으로서의 마지막 임무를 마쳤습니다. 여러분은 내가 왕위를 떠나지 않으면 안되는 이유를 이미 알고 있습니다. 나는 오랜 세월 국가를 위해 봉사할 준비를 해왔습니다. 그러나 지금의 나는 내가 사랑하는 여성의 도움과 뒷받침 없이는 국왕으로서의 중책과 의무를 수행하는 일이 불가능합니다. 이러한 나를 용서해주십시오."

누가 이렇게 잔인한 결정을 바라겠는가! 그냥 한 여자를 사랑했을 뿐인데.

그는 한 여자를 위해서 자신의 막강한 명예와 권력을 과감하게 버렸다. 그러나 그는 사랑에 관한 한 위대한 승리자였다.

1972년 파리에서 윈저 공이 숨을 거두는 그 시각까지 결혼해서 35년 동안을 두 사람은 언제나 함께였다. 이틀 이상을 떨어져 본 적이 없었다.

그는 질녀 엘리자베스 여왕이 필립 공과 결혼할 때도 아내와 함께가 아니라면 참석하지 않겠노라고 했다. 그는 사랑에 관한 한 최고의 자리에 올랐다.

사랑은 모든 것을 보여주는 것

부부나 연인이 건강하게 오래 사랑하려면 서로의 다양한
얼굴을 진솔하게 보여주어야 한다.

　정신과 의사의 주장에 의하면 부부나 연인은 서로 다
양한 얼굴을 보여주어야 사랑이 식지 않는다고 한다. 때
로는 누나와 동생으로, 오빠와 동생으로, 어머니와 아들
로, 아버지와 딸로. 물론 친구로도 되고.
　이런 형태의 애정은 폼잡을 필요가 없다.
　남자가 자기에게 의지하는 여자를 좋아한다고 해서 삼

백육십오일 그럴 수만은 없다.

남자도 여자에게 기대고 싶을 때가 있다.

연인과의 사이가 뒤틀린 여자의 얘기다.

"난 그의 강함이 좋았어. 그는 절대로 약한 소리나 불평을 하지 않았지. 좋아하는 여자에게 초라한 꼴은 보이고 싶지 않다는 게 그의 생각이었어. 정말 그랬어. 난 그의 꼴불견 모습을 본 일이 없거든. 그의 그런 의젓한 남자다움이 좋았는데 어느 순간, '나는 그러면 그에게 무슨 의미인가?' 라는 생각이 들더라구. 우리는 연인이었으니만큼 그도 이따금 한탄도 하고, 어리광도 부려 줬으면 좋겠다는 생각이 드는 거야. 그러나 그는 절대로 그렇게 하지 않았어."

그래서 그녀는 고민 끝에 헤어졌단다. 그녀의 마지막 말이 인상적이었다.

'마치 비닐로 만든 슈퍼맨 인형과 사귀는 느낌이 들어서……'

소중한 사람 앞에서는 슈퍼맨이 될 필요가 없다. 서로 진솔하고 있는 그대로의 얼굴을 보여주는 것이 좋다.

그리고 보면 여자와 남자의 관계처럼 까탈스런 관계도 없다. 그래서 사랑을 하면 꼴불견이 되는 것이다.

 행운을 잡을 수 있는 남자

인생이 그 사람에 있어서 무대라고 한다면 그 무대를 보러
와 주는 관객을 소중히 여겨야 한다. 그것이 만남이다. 만남
의 행운을 잡을 수 있는 남자만이 자기 인생의 무대에서 가
장 빛날 수 있다.

행운이라는 말이 있다. 행운에도 여러 가지가 있지만
사람과의 만남처럼 큰 행운은 없을 것이다. 모든 것은 만
남에서부터 시작되기 때문에.

사람과 사람이 만나는 것을 별 대수롭지 않게 생각하
거나, 언제든지 만날 수 있다고 생각하지만 그렇지 않다.
처음이자 마지막일 수도 있고 죽기 전에 두번 다시 만날
수 없을지도 모른다. 그렇게 생각하면 만남은 대단한 행
운이 아닐 수 없다.

만남이 대수롭고, 대수롭지 않게 여겨지는 것은 우연
인가 필연인가의 차이다. 또한 우연인가 필연인가는 만
났을 때 자신이 상대를 선택하는가 안하는가에도 달려
있다. 그냥 지나치면 우연이고, 자신이 선택하면 필연적
인 만남이다.

어느 쪽이든 만남이 더할 수 없이 소중한 것만은 사실
이다. 그 소중함을 아는 것이 성숙한 인간의 마음자세다.
왜냐하면 만남이란 서로의 인격을 인정하고 인식하는

데서부터 출발하기 때문에. 인간관계든 우정이든 애정이든 거기서부터 싹이 트는 것이다.

사람과 사람이 만나서 상대와 자기가 맞고 안 맞음을 느끼는 것은 불과 3초에서 5초 사이에 결정된다는 것이 심리학자들의 애기다.

그러나 맞고 안 맞음보다도 더 중요한 것은 만남이라는 기본에 깔려 있는 성실함에 있다.

처음 만남이 뒤틀렸을 때 어차피 두 번 다시 안 보면 되니까 상관없다고 생각하는 것과 어쨌든 만났으니까 서로 좋게 헤어지자고 생각하는 것은 전혀 다르다.

만나서 사람을 매료시키는 것은 많은 말도 아니고 자기 자랑도 아니다. 그 사람의 인성이다.

만남을 좋은 인연으로 만들어 가는 데는 무엇보다도 적극적인 태도가 필요하다. 즉, 성실함이다. 그리고 자신의 열등감에서 해방되어야 한다. 열등감을 완전히 배제하기 어려우면 그것은 누구든 갖고 있는 것이라고 마음속에 확신을 가지면 된다. 그래서 즐거운 애기를 적극적으로 하면 된다. 가끔 농담을 섞어 가면서.

그것이 만남의 행운을 잡는 찬스다.

사람이 어떻게 죽을까를 생각하면 거꾸로 어떻게 살아야 하는가에 대한 해답이 쉽게 나온다. 그리되면 자신을 객관적으로 보는 눈을 갖게 된다. 그때 비로소 누구에게든 사랑받는 인간이 된다.

인생이 그 사람에게 있어서 무대라고 한다면 무대를

보러 와 주는 관객을 소중히 여겨야 한다. 그것이 곧 만
남이다. 그러나 아직도 남자들의 긴 인생 속에서 인간적
으로 성숙함에 도달하지 못한 사람들이 너무도 많다.

　보봐르는 '여자는 여자로 태어나는 것이 아니라 여자
로 만들어져 간다.'고 했다.

　마찬가지다. 남자도 남자로 태어나는 것이 아니라 남
자로 만들어져 가는 것이다. 그러나 그것은 그냥 그리 되
는 것이 아니라 자기 노력과 성찰이 있을 때 가능하다.